BIBLIOTHEK DER ALTEN WELT

LONGOS

DAPHNIS UND CHLOË

Übersetzt von Friedrich Jacobs,
mit einem Nachwort
von Niklas Holzberg

Artemis & Winkler

Die deutsche Bibliothek – CIP-Einheitsaufnahme

Longus:
Daphnis und Chloë. / Longos
Übersetzt von Friedrich Jacobs,
mit einem Nachwort von Niklas Holzberg. –
Düsseldorf ; Zürich : Artemis und Winkler, 2002
(Bibliothek der Alten Welt)
Einheitssacht.: Pastoralia ‹dt.›
ISBN 3-7608-4100-7

Umschlagmotiv: Pierre Auguste Cot, Der Sturm.
Öl auf Leinwand (1880). The Metropolitan Museum of Art, New York.
Stiftung Catharine Lorillard Wolfe, 1887. Catharine Lorillard Wolfe
Collection (87.15.134). © The Metropolitan Museum of Art.
Umschlaggestaltung: Groothuis & Consorten, Hamburg
Satz: Dörlemann Satz, Lemförde
Druck und Verarbeitung: fgb · freiburger graphische betriebe
ISBN 3-7608-4100-7
www.patmos.de

INHALT

Vorrede

Zu Lesbos auf der Jagd, in einem Hain der Nymphen, sah ich den schönsten Gegenstand, den ich je gesehen, ein Werk der Malerei, eine Geschichte der Liebe. Schön war auch der Hain, baumreich, blumengeschmückt und wohlbewässert: Eine Quelle nährte alles, die Blumen wie die Bäume. Ergötzlicher aber war das Gemälde, das überschwengliche Kunst zeigte und ein Abenteuer der Liebe; weshalb denn auch viele Fremde dahin kamen auf des Bildes Ruf, Verehrer der Nymphen und Bewunderer des Kunstwerks. Gebärende Weiber sah man darauf; andere, die Säuglinge in Windeln legten; ausgesetzte Kinder; Tiere, die sie nährten; Hirten, die sie forttrugen; Liebesschwüre der Jugend; einen Streifzug von Räubern, einen feindlichen Einfall.

Als ich nun vieles andere noch und alles voll von Liebe sah und bewunderte, ergriff mich ein Verlangen, es mit dieser Schilderung um die Wette darzustellen. Nachdem ich mir also einen Erklärer des Bildes gesucht hatte, arbeitete ich vier Bücher aus, ein Weihgeschenk dem Eros, den Nymphen und dem Pan; allen Menschen aber ein erfreuliches Besitztum, das dem Kranken zur Heilung, dem Trauernden zum Trost, dem Liebeskundigen zur Erinnerung, dem Unkundigen als lehrende Vorbereitung dienen wird. Denn keiner ist je dem Eros entflohen oder wird ihm entfliehen, so lang es Schönheit gibt und Augen sehen. Uns aber verleihe der Gott, die Geschichte der andern mit klarem Sinn zu schreiben!

ERSTES BUCH

Auf Lesbos liegt eine Stadt, Mytilene, so groß wie schön; denn sie ist von Kanälen durchschnitten, in die das Meer einströmt, und geschmückt durch Brücken von behauenem und weißem Gestein. Du wirst glauben, nicht eine Stadt, sondern ein Eiland zu sehen. Von dieser Stadt Mytilene also, etwa zweihundert Stadien entfernt, liegt das Gut eines reichen Mannes, ein herrlicher Besitz; wildnährende Berge, fruchttragende Ebenen, Hügel mit Reben, Weiden mit Herden bedeckt, und die Meerflut spült an den weichen Sand der langgestreckten Küsten.

Auf dieser Flur weidend fand ein Ziegenhirt, Lamon genannt, ein Knäblein, von einer Ziege genährt. Ein Wald war hier und ein Dickicht von Dorngebüsch und schweifender Efeu und weiches Gras, auf dem das Knäblein lag. Hierher lief die Ziege unaufhörlich und wurde oft unsichtbar und weilte, ihres Zickleins vergessend, bei dem Kind. Da belauerte Lamon, den das vernachlässigte Böckchen jammerte, ihre Gänge, und als die Sonne im Mittag stand, verfolgte er die Spur der Ziege und sah sie mit vorsichtig gespreizten Beinen über dem Kinde stehen, um ihm mit den Klauen keinen Schaden zu tun; das Kind aber trank wie aus mütterlicher Brust die zuströmende Milch. Verwundert, wie man glauben kann, trat er näher und fand ein Knäblein, so groß wie schön, mit Beigaben, die auf etwas Besseres als auf das Los der Aussetzung deuteten. Denn eine purpurne Chlamys war hier und eine goldene Spange und ein kleines Schwert mit einem Elfenbeingriff.

Zuerst nun gedachte der Hirt, die Erkennungszeichen allein wegzutragen, ohne sich um das Kind zu kümmern;

dann aber, sich schämend, daß er nicht einmal so viel Menschlichkeit zeigte wie eine Ziege, erwartete er die Nacht und trug alles zu seinem Weib Myrtale, die Erkennungszeichen, das Knäblein und die Ziege selbst. Als diese nun staunte, daß Ziegen auch Kinder zur Welt brächten, erzählte er ihr alles, wie er es ausgesetzt gefunden, wie er es genährt gesehen, wie er sich geschämt habe, es dem Tod zur Beute zu lassen. Da gab sie nun auch ihre Zustimmung; sie verbargen, was mit ausgesetzt war, nannten das Kind das ihrige und überließen der Ziege seine Ernährung. Damit aber auch der Name des Knäbchens hirtenmäßig schiene, beschlossen sie, es Daphnis zu nennen.

Schon waren zwei Jahre verflossen, als ein auf der angrenzenden Flur weidender Schäfer, Dryas genannt, ebenfalls zu einem gleichen Fund und Anblick kam. Eine Grotte der Nymphen war hier, ein großer Fels, inwendig hohl, von außen gerundet. Die Bilder der Nymphen selbst waren von Stein gefertigt, die Füße unbeschuht, die Arme bis zu den Schultern nackt, das Haar bis zum Nacken aufgelöst, ein gürtender Bund um die Hüfte, Lächeln um die Augenbrauen; die ganze Stellung ein Ringeltanz. Innerhalb der Grotte, in des großen Felsens Mitte, war eine Quelle. Aus dieser Quelle sprudelte Wasser auf, das sich zu einem Bach ergoß, so daß sich auch eine höchst anmutige Wiese vor der Grotte hinzog, indem vieles und weiches Gras von dem Nasse genährt wurde. Auch waren hier Milchgefäße und Querpfeifen und Panflöten und Rohre aufgestellt, Weihgeschenke der bejahrten Hirten.

Zu diesem Heiligtum begab sich häufig ein Schaf, das kürzlich geworfen hatte, und oft meinte man, daß es verloren sei. Um es zu züchtigen und zur früheren Ordnung zurückzubringen, bog Dryas eine grüne Weide wie eine Schlinge und begab sich zu dem Felsen hin, wo er es zu fangen meinte; als er aber hinzutrat, sah er nicht, was er zu sehen gehofft hatte, sondern das Schaf, das recht nach menschlicher Weise seine Euter darbot zum reichlichen Genuß der Milch, und das Kind, das lautlos und gierig beide Euter abwechselnd mit dem reinen hellen Mund faßte; denn das Schaf leckte mit der Zunge des Kindes Angesicht, wenn es der Nahrung genug hatte. Das Kind war weiblichen Geschlechts, und auch ihm waren Erkennungszeichen beigegeben, eine golddurchwirkte Mitra, übergoldete Schuhe und goldene Beinspangen.

In diesem Fund glaubte der Hirt etwas Göttliches zu erkennen, und von dem Schaf gelehrt, Mitleid gegen das Kind und Liebe zu fühlen, nahm er das Mägdlein auf den Arm, verwahrte die Erkennungszeichen in der Hirtentasche und betete zu den Nymphen um Segen für die Erziehung ihres Schützlings. Und als es Zeit war, die Herde wegzutreiben, ging er in seine Hütte, erzählte seinem Weib, was er gesehen, zeigte ihr, was er gefunden, ermahnte sie, das Kind für ihr Töchterchen zu halten und es im stillen als ihr eigenes aufzuziehen. Sogleich wurde Nape – denn dies war ihr Name – Mutter des Kindes und liebte es nicht anders, als ob sie fürchtete, von dem Schaf übertroffen zu werden, und gibt ihm ebenfalls zur Bestätigung der Sache den Hirtennamen Chloë.

Diese Kinder wuchsen nun schnell heran, und es gab sich eine Schönheit an ihnen kund, die ihren Stand weit übertraf. Schon hatte der Knabe fünfzehn Jahre, das Mägdlein zwei weniger, als Dryas und Lamon in einer Nacht folgenden Traum sahen. Sie meinten, jene Nymphen der Grotte, wo die Quelle war und Dryas das Mädchen gefunden hatte, übergäben Daphnis und Chloë einem raschen und schönen Knaben, welcher Flügel an den Schultern hatte und kleine Pfeile und einen kleinen Bogen führte; dieser Knabe berührte beide mit einem Pfeil und geböte ihnen, von nun an auf die Weide zu treiben, Daphnis die Ziegen, Chloë die Schafe.

Diesen Traum sahen die Hirten, und es betrübte sie, daß auch diese Kinder Schäfer und Hirten werden sollten, denen die mitgegebenen Erkennungszeichen ein besseres Los verhießen, weshalb sie auch mit zarterer Kost genährt und im Lesen unterwiesen worden und was sonst auf dem Lande schön ist. Doch meinten sie, an Schützlingen der Götter das Gebot der Götter vollziehen zu müssen. Und nachdem sie einander ihren Traum mitgeteilt und dem geflügelten Knaben bei den Nymphen – denn seinen Namen wußten sie nicht zu nennen – geopfert hatten, schickten sie die Kinder als Hirten mit den Herden hinaus, über alles sie belehrend, wie man weiden müsse vor der Mittagszeit und wie beim Nachlassen der Tageshitze; wann die Zeit der Tränke und wann die Zeit der Ruhe sei; wo sie den Hirtenstab anzuwenden hätten und wo die Stimme allein. Sie aber übernahmen die Herden wie eine große Herrschaft und liebten die Ziegen und die Schafe mehr, als der Hirten Brauch ist; sie, weil sie den Schafen ihre Erhaltung verdankte, er, weil er nicht vergaß, daß ihn als Kind eine Ziege genährt hatte.

Der Lenz begann, und alle Blumen entfalteten sich in den Wäldern und auf den Wiesen, und die das Gebirg erzeugt. Da tönte das Summen der Bienen und die Stimme gesangreicher Vögel, und die neugeborenen Lämmer sprangen. Die Lämmer hüpften auf den Bergen, auf den Wiesen summten die Bienen, die Vögel erfüllten das Gebüsch mit Gesang. Und während solche Frühlingslust überall herrschte, ahmte das junge und zarte Paar, was sie hörten und sahen, nach. Wenn sie die Vögel singen hörten, sangen sie; wenn sie die Lämmer springen sahen, sprangen sie leichten Fußes; auch die Bienen ahmten sie nach und sammelten Blumen, und einige steckten sie an die Brust, andere flochten sie zu Kränzen und brachten sie den Nymphen dar.

Sie taten aber alles gemeinschaftlich, denn sie hüteten nah beieinander. Oft trieb Daphnis die verirrten Schafe zusammen; oft auch jagte Chloë die dreisteren Ziegen von den Klippen herab. Auch wachte manchmal eines über beide Herden, während das andere emsig bei seinem Spielwerk war. Ihre Spielwerke aber waren hirtlich und kindlich. Sie sammelte Halme und flocht ein Grillenhäuschen, und bei solcher Beschäftigung vergaß sie die Herde; er aber schnitt zartes Rohr, und nachdem er es zwischen den Knoten durchbohrt und die Rohre mit weichem Wachs zusammengefügt hatte, übte er sich im Flöten bis in die Nacht. Oft auch genossen sie Milch und Wein gemeinschaftlich und trugen die Speisen zusammen, die sie von zu Hause mitgebracht hatten; und eher hätte man die Schafe und Ziegen voneinander getrennt gesehen als Chloë und Daphnis.

Indem sie auf solche Weise spielten, ersann Eros ernste Sorgen. Eine Wölfin, welche Junge hatte, raubte auf den benachbarten Fluren oft von andern Herden; denn sie bedurfte viel Futter zur Nahrung ihrer Brut. Die Landleute kamen also bei Nacht zusammen und machten Gruben, ein Klafter in der Breite und vier in der Tiefe. Den Schutt trugen sie weit weg und verstreuten ihn größtenteils, legten dann lange trockene Hölzer über die Öffnung und streuten den übrigen Schutt darauf, so daß es dem vorigen Boden glich; wenn aber nur ein Hase darüber lief, brachen die Hölzer, die schwächer als Strohhalme waren, und dann ward man inne, daß es nicht Erde war, sondern ein Schein von Erde. Solcher Gruben machten sie viele, teils auf den Bergen, teils in der Ebene; doch glückte es ihnen nicht, die Wölfin zu fangen – denn sie merkte die List –, aber viele Ziegen und Schafe verunglückten und auch Daphnis fast auf folgende Weise:

Zwei hitzige Böcke waren in Kampf geraten. Bei einem gewaltsamen Stoß ward dem einen das eine Horn verletzt, und blökend ergriff er in seinem Schmerz die Flucht. Der Sieger aber folgte ihm auf dem Fuße nach und läßt ihm keine Ruhe. Ärgerlich über das Horn und über die Keckheit des Siegers ergriff Daphnis einen Stock und den Hirtenstab und verfolgte den Verfolgenden. Während nun dieser floh, jener ihn zornig verfolgte, achtete keiner genau auf das, was vor den Füßen war, sondern beide stürzten in eine der Gruben, der Bock voraus und Daphnis ihm nach. Dies rettete den Knaben, daß ihm der Bock beim Sturz als Träger diente. Hier harrte er nun weinend, daß jemand käme und ihn herauszöge; Chloë aber, die den Vorgang gesehen hatte, kam zu der Grube, und da sie inne ward, daß er lebte, rief sie einen Rinderhirten der nächsten Flur zur Hilfe herbei. Dieser kam und suchte nach einem langen Seil, um ihn daran herauszuziehen. Ein Seil war nun nicht da. Chloë aber löste die Kopfbinde ab und gab sie dem Hirten, um sie hinabzulassen. Und so standen diese am Rand und zogen, und Daphnis kam herauf, indem er dem Zuge der Binde mit den Händen folgte. Dann zogen sie auch den unglücklichen Bock herauf, dem beide Hörner zerschellt waren, denn eine solche Rache des besiegten Bockes hatte ihn getroffen! Ihn schenkten sie dem Hirten zum Lohn, um ihn zu opfern, und wenn er zu Hause vermißt würde, wollten sie einen Überfall der Wölfe vorgeben. Dann kehrten sie selbst zurück, um nach ihren Schafen und Ziegen zu schauen, und da sie alle in guter Ordnung weideten, so die Ziegen wie die Schafe, setzten sie sich an einem Eichenstamm nieder und sahen zu, ob nicht Daphnis im Fall irgendeinen Teil seines Leibes blutig verletzt hätte. Verletzt aber war nichts, auch nichts blutig; aber mit Schmutz und Erde war sein Haar bedeckt und der übrige Leib. Daher beschloß er sich zu baden, ehe Lamon und Myrtale des Vorfalls inne würden.

Wie er nun mit Chloë zu dem Heiligtum der Nymphen kam, gab er ihr sein Gewand und die Hirtentasche aufzuheben; er selbst aber trat zur Quelle und wusch sich das Haar und den ganzen Körper ab. Das Haar war schwarz und stark, der Leib aber von der Sonne gedunkelt. Man hätte mutmaßen können, er sei von dem Schatten des Haares gefärbt; Chloës Augen aber schien Daphnis schön, und da er ihr vordem nicht schön geschienen hatte, hielt sie das Bad für die Ursache der Schönheit. Und als sie den Rücken ihm abwusch, bemerkte sie das weiche Fleisch, so daß sie sich selbst unvermerkt des öfteren berührte, um zu versuchen, ob es wohl zarter sei. Und für jetzt trieben sie die Herden nach Hause, denn die Sonne neigte sich zum Untergang; und Chloë fühlte nichts Ungewöhnliches, außer daß sie wünschte, den Daphnis wiederum baden zu sehen. Am folgenden Tag aber, da sie auf die Weide gekommen waren, setzte sich Daphnis unter die gewohnte Eiche und flötete und sah zugleich auf die Ziegen hin, die gelagert waren und seinen Tönen zu horchen schienen; Chloë aber saß in seiner Nähe und sah zwar auch auf die Herde der Schafe, mehr aber noch auf Daphnis hin, und wiederum schien er ihr flötend schön, und wiederum hielt sie die Musik für die Ursache der Schönheit, daher sie nach ihm auch selbst die Syrinx nahm, ob sie wohl ebenfalls schön würde. Sie beredete ihn aber auch wiederum zu baden und sah ihn beim Baden an und berührte ihn, indem sie ihn ansah, und ging wieder lobend hinweg, und das Lob war der Liebe Anfang. Was ihr aber widerfuhr, wußte sie nicht, denn sie war jung und in ländlicher Unwissenheit erwachsen, und nicht einmal von andern hatte sie den Namen der Liebe gehört. Mißmut beherrschte ihre Seele; der Augen war sie nicht Herr, und oft sprach sie von Daphnis. Nahrung verschmähte sie, bei Nacht wachte sie, die Herde verachtete sie, bald lachte, bald weinte sie, bald sprang sie auf, ihr Angesicht ward blaß und wiederum von Erröten glühend. Kein Rind von der Bremse gestochen hat solche Not. Einstmals kamen ihr auch solche Reden in den Sinn, als sie allein war:

»Ich bin jetzt krank; was aber meine Krankheit ist, weiß ich nicht. Ich fühle Schmerzen und habe doch keine Wunde; ich bin traurig, und doch ist mir keines meiner Schafe verlorengegangen. Ich glühe und sitze doch in so dichtem Schatten. Wie viele Dornen haben mich oft verwundet, und ich habe nicht geweint; wie viele Bienen haben mich ihren Stachel fühlen lassen, und doch hab' ich Nahrung genossen! Das also, was mir das Herz sticht, ist bitterer als alles das. Daphnis ist schön, auch die Blumen sind es; schön tönt seine Syrinx; aber auch die Nachtigallen: dennoch frag' ich nach jenen nicht. Möchte ich doch seine Syrinx sein, damit ich seinen Hauch aufnähme! Möchte ich eine Ziege sein, um von ihm geweidet zu werden! O schlimmes Wasser! Nur ihn hast du schön gemacht; ich aber habe mich umsonst gebadet. Ich sterbe, geliebte Nymphen, und auch ihr rettet das Mädchen nicht, das bei euch genährt worden ist. Wer wird euch kränzen, wenn ich nicht mehr bin? Wer wird die unglücklichen Lämmer futtern? Wer wird die plaudernde Grille pflegen, die ich mit so vieler Mühe gefangen habe, um mich zirpend an meinem Bett einzusingen? Jetzt aber flieht mich der Schlaf um Daphnis' willen, und sie plaudert umsonst.«

Solcher Art war ihr Zustand, solcher Art ihre Reden, indem sie den Namen der Liebe suchte. Dorkon aber, der Rinderhirt, der den Daphnis und den Bock aus der Grube gezogen hatte, ein Jüngling mit Flaum um das Kinn, der die Werke der Liebe und auch ihren Namen kannte, hatte sogleich von jenem Tag an Liebe für Chloë gefühlt; nach mehreren Tagen aber entbrannte er noch mehr, und da er den Daphnis als einen Knaben geringschätzte, beschloß er, zum Zweck zu gelangen durch Gaben oder durch Gewalt. Da bracht' er ihnen denn zuerst Geschenke, ihm eine Syrinx von neuen Röhren, mit Erz verbunden statt des Wachses; ihr aber ein bacchisches Rehfell, das wie mit Flecken gemalt war. Wie er nun von dieser Zeit an für einen Freund galt, vernachlässigte er allmählich den Daphnis; Chloë aber brachte er Tag für Tag bald zarten Käse, bald einen blumenreichen Kranz, bald einen schönen Apfel; einstmals brachte er ihr auch ein Wildkalb, auf dem Gebirge geboren, und einen übergoldeten Becher und Nestlinge der Vögel des Waldes. Sie aber, unkundig der Kunst des Liebenden, freute sich des Empfangs der Gaben; mehr aber noch freute sie sich, daß sie nun selbst etwas dem Daphnis zu schenken hatte. Jetzt sollte nun auch Daphnis die Werke der Liebe kennenlernen, und es entstand einst dem Dorkon mit ihm ein Wettstreit über die Schönheit, und Chloë richtete, und der Preis des Siegers war Chloës Kuß. Dorkon sprach zuerst also:

»Ich, Mädchen, bin größer als Daphnis; er ein Ziegenhirt, ich ein Rinderhirt, und so weit Rinder die Ziegen, so weit übertreff' ich ihn. Ich bin weiß wie Milch und goldgelb wie Ähren zur Erntezeit. Eine Mutter hat mich genährt, nicht ein Tier. Er aber ist klein und glattkinnig wie ein Weib und schwarz wie ein Wolf. Er weidet Böcke und riecht furchtbar. Auch arm ist er, so daß er nicht einmal einen Hund ernähren kann. Wenn ihn aber, wie man sagt, eine Ziege gesäugt hat, so ist er in keinem Stück von einem Böckchen verschieden.«

Dies und ähnliches sagte Dorkon, und nachher Daphnis:

»Eine Ziege hat mich ernährt wie den Zeus. Ich weide Böcke wie Branchos, und ich will sie größer machen, als Rinder sind, keineswegs aber rieche ich danach, so wenig als Pan, ob der gleich zum größeren Teil ein Bock ist. Mir genügt der Käse und Obelusbrot und weißer Wein, was die Kost wohlhabender Landleute ist. Ich bin glatt um das Kinn; Dionysos auch; schwarz; die Hyazinthe auch; besser aber ist Dionysos als die Satyrn und die Hyazinthe als Lilien. Er aber ist gelb wie der Fuchs, bärtig wie ein Bock und weiß wie ein Weib aus der Stadt. Und wenn du küssen sollst, so wirst du bei mir den Mund küssen, bei ihm die Haare an dem Kinn. Gedenke aber, Mädchen, daß dich ein Schaf gesäugt hat, und dennoch bist du schön.«

Jetzt zögerte Chloë nicht mehr, sondern erfreut durch das Lob und schon längst voll Verlangen, den Daphnis zu küssen, sprang sie auf und gab ihm einen Kuß, ungelehrt zwar und kunstlos, aber die Seele zu entflammen ganz geeignet. Dorkon aber eilte betrübt von dannen und suchte einen anderen Weg der Liebe, und Daphnis, als ob er nicht geküßt, sondern von einer Natter gestochen worden, ward auf der Stelle ganz finster; er schauerte oft zusammen; das Herz klopfte ihm ungestüm, er wünschte, Chloë zu sehen; und wenn er sie sah, bedeckte Röte sein Angesicht. Damals erst bewunderte er ihr Haar, daß es blond war, ihre Augen, daß sie groß waren, und ihr Angesicht, daß es in Wahrheit weißer war als die Milch der Ziegen, nicht anders, als hab' er damals erst Augen bekommen und sei die Zeit vorher ihrer beraubt gewesen. Jetzt nahm er keine Nahrung mehr zu sich, sondern kostete nur davon; auch keinen Trank; und wenn er gezwungen wurde, netzte er nur den Mund damit. Vormals geschwätziger als die Grillen, wurde er schweigsam; sonst beweglicher als die Ziegen, ward er träge. Auch die Herde wurde vernachlässigt; die Syrinx lag ungebraucht; blasser war sein Angesicht als Gras im Sommer. Gegen Chloë allein war er gesprächig, und wenn er manchmal allein und getrennt von ihr war, sprach er ungefähr so zu sich selbst:

»Was tut mir nur Chloës Kuß? Ihre Lippen sind zarter als Rosen, ihr Mund süßer als Honigscheiben, ihr Kuß aber herber als der Stachel der Biene. Oftmals hab' ich Böckchen geküßt, oft auch küßt' ich junge Hunde und das Wildkalb,

Dorkons Geschenk; aber dieser Kuß ist von neuer Art. Hastig drängt sich der Atem heraus, das Herz schlägt gewaltsam, meine Seele zerrinnt, und doch will ich wiederum küssen. O feindlicher Sieg! O neue Krankheit, von der ich nicht einmal den Namen weiß. Hatte Chloë etwa Gift gekostet, ehe sie mich küßte? Warum starb sie denn also nicht? – Wie singen die Nachtigallen! Aber meine Syrinx schweigt. Wie springen die Böckchen! Und ich sitze müßig. Wie blühen die Blumen! Und ich flechte keine Kränze. Das Veilchen und die Hyazinthe blüht. Daphnis aber welkt dahin. Soll denn auch Dorkon wohlgestalter sein als ich?«

Auf solche Weise fühlte und sprach der gute Daphnis; denn zum erstenmal kostete er die Werke und Worte der Liebe. Dorkon aber, der Rinderhirt, der Liebhaber Chloës, benutzte die Zeit, als Dryas in der Nähe Weinreben setzte, und trat zu ihm hin mit einigen ansehnlichen Käsen. Diese gab er ihm zum Geschenk als Freund aus alter Zeit, wo Dryas noch selbst hütete, und nach diesem Eingang tat er Chloës Heirat Erwähnung und versprach, wenn er sie zum Weib bekäme, viele und große Geschenke als ein Rinderhirt: ein Joch Pflugstiere, vier Bienenstöcke, fünfzig junge Apfelstämme, eine Rindshaut, Schuhe daraus zu schneiden, und jährlich ein der Milch entwöhntes Kalb, so daß wenig fehlte, Dryas hätte ihm, durch die Geschenke bestochen, Chloës Ehe zugesagt. Er bedachte aber, daß das Mädchen einen besseren Gatten verdiene; und da er, wenn einst die Sache an den Tag käme, schlimme Folgen für sich fürchtete, versagte er ihm ihre Ehe, bat um Verzeihung und verbat sich die verheißenen Gaben.

Als sich nun Dorkon in seiner zweiten Hoffnung getäuscht sah und umsonst seine guten Käse aufgeopfert hatte, beschloß er, Hand an Chloë zu legen, wenn sie allein wäre. Und da er beobachtet hatte, daß sie einen Tag um den andern die Herden zur Tränke führten, einmal Daphnis und einmal das Mädchen, veranstaltete er eine List, die einem Hirten ziemte. Er nahm die Haut eines großen Wolfes, den einst ein Stier im Kampf für seine Kühe mit den Hörnern getötet hatte, und zog sie sich über den Leib, so daß sie den Rücken bis zu den Füßen bedeckte. Die Vorderfüße breitete er über die Hände, die hinteren über seine Schenkel bis zu den Fersen, und der Rachen des Tieres bedeckte sein Haupt wie der Helm eines Mannes in voller Rüstung; und nachdem er sich solchergestalt, so gut es möglich war, zum reißenden Tier gemacht hatte, begab er sich an die Quelle, aus welcher die Ziegen und Schafe nach der Weide getränkt wurden. In einer tiefen Senkung der Erde war die Quelle, und um sie her war der ganze Platz mit Dornen und Busch und niedrigen Wacholdersträuchern und Disteln umwildert; leicht hätte sich dort auch ein wahrer Wolf im Hinterhalt versteckt. Hier verborgen erwartete Dorkon die Zeit der Tränke und hegte große Hoffnung, Chloë durch die Gestalt zu schrecken und dann mit seinen Händen zu greifen.

Wenige Zeit verging, und Chloë trieb die Herden zu der Quelle, während Daphnis zurückblieb, grünes Laubwerk abzuhauen, als Futter den Böckchen nach der Weide. Die Hunde, der Schafe und Ziegen Wächter, folgten, und nach der geschäftigen Weise der Hunde umherspürend, gewahrten sie den Dorkon, als er sich zum Angriff des Mädchens regte, und mit furchtbarem Bellen stürzten sie auf ihn zu, wie auf einen Wolf, umringten ihn und fielen, ehe ihm die Bestürzung ganz aufzustehen erlaubte, mit ihren Zähnen in das Fell. Ein Weilchen nun und solange ihm das umhüllende Fell Schutz gewährte, blieb er, der Entdeckung sich schämend, still in dem Dickicht liegen; als aber Chloë im Schrecken des ersten Anblicks den Daphnis zum Beistand rief und die Hunde das Fell abrissen und ihm selbst auf den Leib kamen, fing er laut an zu jammern und beschwor das Mädchen und den Daphnis, der auch schon da war, ihm beizustehen. Die Hunde hatten sie schnell durch gewohnten Zuruf besänftigt, den Dorkon aber, der in Lenden und Schultern gebissen war, führten sie zur Quelle, wuschen ihm die Wunden aus, wo die Zähne gefaßt hatten, und breiteten grünen weichgekauten Splint von Ulmen darauf. Unerfahren in Wagnissen der Liebenden, hielten sie die Umhüllung der Wolfshaut für einen Hirtenscherz, und ohne Zorn, ja mit tröstenden Worten, führten sie ihn eine Strecke Wegs und entließen ihn.

Nachdem er also mit genauer Not der Gefahr entgangen und, wie das Sprichwort sagt, aus dem Rachen, nicht des Wolfes, sondern des Hundes gerettet war, pflegte Dorkon seine Wunden; Daphnis und Chloë aber hatten viele Mühe bis in die Nacht, die Ziegen und Schafe zu sammeln. Denn durch die Wolfshaut geschreckt und durch das Bellen der Hunde verschüchtert, waren die einen die Felsen hinauf, die andern bis an das Meer hinabgelaufen. Zwar waren sie gewöhnt, der Stimme zu folgen und sich durch die Syrinx beruhigen zu lassen und auf das Klatschen der Hände zu sammeln; damals aber hatte sie die Furcht alles vergessen lassen. Mit genauer Not also fanden sie sie, wie Hasen nach der Fährte, auf und führten sie nach den Ställen. Nur in dieser einen Nacht genossen sie tiefen Schlaf, und die Ermüdung der Arbeit linderte ihren verliebten Gram. Als aber der Tag wieder anbrach, kehrte der vorige Zustand zurück. Sie freuten sich des Wiedersehens, trauerten bei der Trennung, litten Schmerzen, wünschten etwas und wußten nicht, was sie wünschten. Nur das wußten sie, daß ihn der Kuß, sie das Bad um die Ruhe gebracht hatte.

Aber auch die Jahreszeit entflammte sie. Schon war das Ende des Frühlings da und der Anfang des Sommers, und alles stand im Flor; die Bäume mit Früchten, die Flur mit Saaten geschmückt. Süß war der Zikaden Gezirp, lieblich der Duft des Obstes, ergötzlich der Herden Geblök. Man hätte gemeint, daß auch die Flüsse sängen, wenn sie leise dahinglitten, und daß die Winde flöteten, wenn sie in die Pinien hauchten, und daß die Äpfel in Liebeslust zur Erde fielen und die Sonne, der Schönheit Freundin, alles entkleide. Da stieg nun Daphnis, von alldem durchglüht, in die Flüsse; und bald wusch er sich ab; bald jagte er den darin wirbelnden Fischen nach; oftmals trank er auch, den inneren Brand zu löschen. Chloë aber, wenn sie die Schafe und viele von den Ziegen gemolken hatte, hatte bei dem Gerinnen der Milch viele Not; denn die Fliegen waren arg, sie zu beunruhigen und zu stechen, wenn sie gescheucht wurden; wenn sie aber hierauf das Gesicht gewaschen hatte, bekränzte sie sich mit Zweigen der Pinie, gürtete ihr Rehfell um, füllte die Schale mit Wein und Milch und hielt mit Daphnis ein gemeinsames Mahl.

Wenn nun aber der Mittag kam, da drohte ihren Augen neue Gefahr. Denn wenn sie den Daphnis entkleidet sah, da fielen ihre Blicke auf seine blühende Schönheit, und sie härmte sich, daß sie keinen Teil an ihm zu tadeln fand; er aber wähnte, wenn er sie im Rehfell und mit dem Kranz sah, wie sie ihm die Schale bot, eine der Nymphen aus der Grotte zu sehen. Dann riß er ihr den Pinienkranz vom Haupt und kränzte sich selbst damit, nachdem er vorher den Kranz geküßt hatte; sie aber zog, wenn er sich entblößt hatte und badete, sein Kleid an, nachdem sie es auch vorher geküßt hatte. Bisweilen bewarfen sie sich auch mit Äpfeln und schmückten einer des andern Haupt, indem sie sich die Haare scheitelten. Und sie verglich sein Haar, weil es schwarz war, den Myrten, und er ihr Angesicht mit einem Apfel, weil es weiß und rötlich war. Auch unterwies er sie im Flöten, und wenn sie anfing, in das Rohr zu hauchen, riß er ihr die Syrinx weg und durchlief selbst mit den

Lippen das Geröhr, und während es schien, daß er die Irrende belehrte, gab er ihr recht schicklich Küsse durch der Syrinx Hilfe.

Einstmals, als er um die Mittagszeit flötete und die Herde im Schatten lag, war Chloë unvermerkt eingenickt. Wie dies Daphnis bemerkte, legte er die Syrinx weg und beschaute mit unersättlichen Blicken sie über und über, weil er nichts zu scheuen hatte, und sprach zugleich mit leiser Stimme zu sich selbst:

»Wie schlummern die Augen! Wie atmet der Mund! So duften nicht die Äpfel, nicht der Blütenbusch. Aber ihn zu küssen scheu' ich mich; der Kuß verwundet das Herz und macht wie frischer Honig rasend; auch fürcht' ich, sie küssend im Schlaf zu stören. O über die schwatzhaften Grillen! Sie werden sie nicht schlafen lassen mit ihrem lauten Geschrei. Aber auch die Böcke klappern kämpfend mit den Hörnern. O über die Wölfe! Sind sie nicht feiger als die Füchse, daß sie diese Böcke nicht rauben!«

Indem er auf diese Weise sprach, fiel eine Zikade auf der Flucht vor einer Schwalbe, die sie fangen wollte, in Chloës Busen, und die ihr folgende Schwalbe konnte jene zwar nicht fangen, strich aber, beim Verfolgen sich nahend, mit ihren Schwingen an des Mädchens Wangen hin. Sie, die nicht wußte, was vorgegangen war, fuhr mit lautem Ruf aus dem Schlaf empor. Als sie aber die Schwalbe sah, die noch in der Nähe schwebte, und den Daphnis, der über ihr Erschrecken lachte, verlor sie ihre Furcht und rieb sich die Augen, die noch nicht ausgeschlafen hatten. Da schrillte die Zikade aus dem Busen herauf, einem Flehenden ähnlich, der für die Rettung seinen Dank bekennt. Von neuem schrie nun Chloë laut auf und Daphnis lachte, und den Vorwand nutzend, schob er seine Hand in den Busen des Mädchens und zog die Zikade heraus, die auch in seiner Rechten nicht schwieg. Sie aber freute sich des Anblicks und nahm und küßte sie und warf die Plaudernde wieder in den Busen hinab.

Einst ergötzte sie auch die Holztaube mit ihrer ländlichen Stimme aus dem Walde her, und da Chloë zu wissen begehrte, was sie sagte, belehrte sie Daphnis durch die Erzählung der bekannten Geschichte:

»Es war einst ein Mädchen wie du, Mädchen, ebenfalls schön, und hütete viele Rinder in gleichem Alter wie du. Es war aber auch reich an Liedern, und die Rinder erfreuten sich seiner Musik, und es lenkte sie nicht mit Schlägen des Hirtenstocks oder des Stachels; sondern unter der Pinie sitzend und in einem Pinienkranz besang es den Pan und die Pitys. Und die Rinder weilten bei seinem Gesang. Nicht weit davon hütete ein Knabe Rinder, auch schön und gesangreich, und wetteiferte mit den Melodien des Mädchens, und seine Stimme, als eine männliche, tönte stärker und doch süß, weil er ein Knabe war. Und so lockte er acht der besten Kühe zu seiner eigenen Herde herüber. Betrübt über die Verminderung der Herde und den Sieg des Gegners, flehte das Mädchen zu den Göttern, daß es ein Vogel würde, ehe es nach Hause käme. Die Götter erhörten es und machten es zu diesem Vogel hier, der wie das Mädchen auf den Bergen wohnt und reich an Gesang ist wie es. Und noch jetzt verkündet seine Stimme das erfahrene Mißgeschick, indem es die verirrten Rinder sucht.«

Solche Freuden bot ihnen der Sommer dar. Als aber die Herbstzeit kam und die Traube reifte, landeten tyrische Räuber auf einer karischen Barke, um nicht als Barbaren zu erscheinen, an jenen Fluren, stiegen mit Schwertern gerüstet und in Halbpanzern aus, rafften alles zusammen, was ihnen unter die Hände kam, würzigen Wein, eine Fülle von Weizen, Honig in Scheiben; auch einige Rinder von Dorkons Herde trieben sie weg. Sie ergriffen auch den Daphnis, der am Meer wandelte. Denn als Mädchen trieb Chloë des Dryas Schafe später auf die Weide, aus Furcht vor den rohen Hirten. Wie aber die Räuber den großen und schönen Knaben sahen, der mehr wert war als der Raub von den Äckern, kümmerten sie sich weiter um nichts, weder um die Ziegen noch um die Fluren, sondern schleppten ihn hinab auf das Schiff, der weinend und ratlos laut nach Chloë rief. Und schon hatten sie das Tau losgebunden und die Ruder zur Hand genommen und stachen in die See; Chloë aber trieb jetzt ihre Herde herbei, mit einer neuen Syrinx in der Hand, die sie dem Daphnis zum Geschenk brachte. Wie sie aber die Ziegen verschüchtert sah und Daphnis Stimme hörte, der sie immer lauter und lauter rief, da kümmerte sie sich nicht weiter um die Schafe und warf die Syrinx hin und lief zu Dorkon, ihn um Beistand anzuflehen.

Dieser aber war von den Räubern hart geschlagen und lag da mit wenigem Atem, und vieles Blut strömte aus seinen Wunden. Als er aber Chloë sah, regte sich ein schwacher Funke der alten Liebe in ihm, und er sagte:

»Ich, o Chloë, werde in kurzem tot sein; denn als ich für meine Rinder kämpfte, haben mich die ruchlosen Räuber erschlagen wie einen Stier. Du aber rette dir den Daphnis, und mir schaffe Rache und jenen den Untergang. Ich habe die Rinder gelehrt, dem Ton der Syrinx zu folgen und ihren Melodien nachzugehen, wenn sie auch in weiter Ferne weiden. Geh also und nimm diese Syrinx und stimme das Lied darauf an, das ich einst den Daphnis gelehrt habe und Daphnis dich; für das übrige wird die Syrinx sorgen und die Rinder dort. Ich schenke dir auch die Syrinx selbst, mit der ich viele Hirten von Rindern und Ziegen im Wettstreit besiegt habe. Dafür aber küsse mich, da ich noch lebe, und wenn ich tot bin, beweine mich, und wenn du einen andern diese Rinder weiden siehst, so denke an mich.«

Nachdem Dorkon diese Worte gesprochen und den letzten Kuß geküßt hatte, entwich ihm zugleich mit dem Kuß und der Stimme der Geist. Chloë aber nahm die Syrinx, setzte sie an die Lippen und blies darauf, so stark sie vermochte; und die Rinder hören es und erkennen die Weise und stürzen sich in einem Anlauf brüllend in das Meer. Indem sich nun die Gewalt des Sprunges auf die eine Seite des Schiffes warf und bei dem Sturz der Rinder das Meer sich in die Tiefe öffnete, schlägt das Fahrzeug um und sinkt in den zusammenschlagenden Wellen unter. Die Mannschaft stürzt heraus mit ungleicher Hoffnung der Rettung. Die Räuber trugen Schwerter im Gurt und waren mit schuppigen Halbpanzern angetan und mit Stiefeln an den Füßen, welche die Hälfte des Beines bedeckten; Daphnis aber war unbeschuht, weil er auf der Ebene hütete, und halb entkleidet, weil die Jahreszeit noch brennend heiß war. Jene hatten nun nicht lange geschwommen, als die Waffen sie in die Tiefe zogen; Daphnis aber hatte die Kleidung leicht ausgezogen; doch machte ihm das Schwimmen Mühe, weil er vorher nur in Flüssen geschwommen hatte. Bald aber, durch die Not belehrt, was er zu tun habe, warf er sich mitten unter die Rinder, faßte ihrer zwei an den Hörnern mit beiden Händen und wurde so in ihrer Mitte ohne Arbeit und Mühe getragen, als ob er einen Wagen lenkte. Der Stier schwimmt aber wie kein Mensch es kann; nur den Wasservögeln steht er nach und den Fischen. Auch würde kein Rind beim Schwimmen umkommen, wenn ihm nicht das Horn an den Klauen, wenn es durchgeweicht ist, abfiele. Dies bezeugen bis auf den heutigen Tag viele Plätze des Meeres, welche die Rinderfurt heißen.

Auf diese Art also wird Daphnis gerettet, indem er gegen alles Erwarten der zweifachen Gefahr, des Raubes und des Schiffbruchs, entkam. Als er nun ans Land gestiegen war und Chloë am Ufer lachend zugleich und weinend fand, warf er sich an ihre Brust und fragte sie, weshalb sie auf der

Syrinx geblasen hätte. Da erzählte sie ihm alles: den Lauf zu Dorkon; der Rinder Unterweisung; wie er ihr zu flöten befohlen habe und daß Dorkon gestorben sei; nur den Kuß verschwieg sie aus Scheu. Sie beschlossen also, ihren Wohltäter zu ehren und begruben den armen Dorkon gemeinschaftlich mit seinen Verwandten. Dann häuften sie vieles Erdreich auf, pflanzten viele fruchttragende Bäume und hingen ihm die Erstlinge ihrer Arbeiten auf; aber auch Milch spendeten sie und drückten Trauben aus und zerbrachen viele Syringen. Auch klägliches Brüllen der Rinder wurde vernommen, und bei dem Brüllen sah man sie unruhig hin und her rennen; und dies war, wie unter den Schäfern und Ziegenhirten vermutet wurde, die Totenklage der Rinder um den verstorbenen Hirten.

Nach Dorkons Beerdigung führte Chloë den Daphnis zu den Nymphen in die Felsengrotte und wusch ihn ab. Und auch sie selbst badete damals zum ersten Male in Daphnis' Gegenwart ihren Leib, der, weiß und rein von Schönheit, keines Bades zur Schönheit bedurfte; dann sammelten sie Blumen, so viele deren diese Jahreszeit bot, und schmückten die Bilder damit und hingen Dorkons Syrinx an der Felsenwand zum Weihgeschenk auf. Hierauf gingen sie zu dem Weideplatz und sahen nach den Ziegen und den Schafen. Diese aber waren alle gelagert und weideten nicht und blökten nicht, sondern sehnten sich, wie ich glaube, nach Daphnis und Chloë, die ihnen entschwunden waren. Denn als sie sich zeigten und ihnen nach gewohnter Weise zuriefen und flöteten, da standen die Schafe auf und weideten; die Ziegen aber sprangen voll von reger Lust, als freuten sie sich der Rettung des gewohnten Hirten. In Daphnis' Seele aber sprach die Freude nicht an; denn seitdem er Chloë entkleidet und die zuvor verhüllte Schönheit entschleiert gesehen hatte, da krankte sein Herz wie von Gift verzehrt. Der Atem selbst ging bisweilen so ungestüm, als ob ihn jemand verfolgte; dann blieb er aus, als ob er erschöpft sei durch den vorigen Anlauf. Das Bad kam ihm furchtbarer vor als das Meer, und es war ihm, als wäre seine Seele noch bei den Räubern geblieben; denn jung, wie er war, und unwissend, war ihm des Eros Räuberart fremd.

ZWEITES BUCH

Schon war der Herbst in voller Kraft, und die Weinlese nahte mit starken Schritten, und alles war auf den Feldern in Arbeit. Der eine richtete die Keltern zu; der andere reinigte Fässer; ein dritter flocht Körbe. Einer sorgte für eine kleine Hippe zum Schneiden der Trauben; ein anderer für einen Stein, die saftreichen Trauben zu pressen; noch einer für trockene mürbegeklopfte Weidenschosse, um bei Licht zur Nachtzeit den Most zu tragen. Auch Daphnis und Chloë, unbekümmert um die Schafe und Ziegen, boten sich gegenseitig hilfreich die Hände. Er trug in Körben die Trauben zu, zertrat sie in den Kufen und schaffte den Wein in die Fässer; sie aber bereitete den Winzern die Kost und schenkte ihnen älteren Wein zum Trank aus und las die Trauben von den niedrigeren Stöcken ab. Denn aller Wein auf Lesbos wächst niedrig, nicht hoch hinauf noch an Bäumen gezogen; sondern die Reben in der Tiefe ausbreitend; auch ein Kind könnte die Traube erreichen, wenn ihm eben die Hände aus den Windeln gelöst sind.

Wie es nun bei dem Fest des Dionysos und des Weines Erzeugung natürlich ist: Die von der benachbarten Flur zum Beistand geladenen Weiber warfen die Augen auf den Daphnis und lobten ihn und sagten, daß er an Schönheit dem Bacchus gleiche. Eine der Dreisteren küßte ihn auch wohl und reizte den Daphnis und kränkte Chloë. Die Männer in den Keltern aber neckten Chloë mit mancherlei Reden, und wie nach den Mänaden die Satyrn, so taten sie wahnsinnige Sprünge und wünschten Schafe zu werden, um von ihr geweidet zu sein; so daß sie sich nun freute und Daphnis gekränkt war. Beide wünschten also, daß die Weinlese schnell sich ende und sie wieder die gewohnten Plätze bezögen und statt des unharmonischen Geschreis die Syrinx hörten oder die blökenden Herden. Als nach Verlauf weniger Tage die Reben abgelesen und der Most in den Fässern gefaßt war und es nicht mehr so vieler Hände bedurfte, da trieben sie die Herden auf die Flur und verehrten freudigen Sinnes die Nymphen, indem sie ihnen als Erstlinge der Weinlese Trauben an den Reben brachten. Aber auch vorher waren sie nicht achtlos bei ihnen vorübergegangen, sondern immer beteten sie zu ihnen beim Anfang der Weide, und bei der Rückkehr von der Weide knieten sie vor ihnen, und jederzeit brachten sie etwas dar, entweder eine Blume oder eine Frucht oder einen grünen Zweig oder eine Spende von Milch. Und dafür ward ihnen späterhin Vergeltung von den Göttern zuteil. Damals aber, wie das Sprichwort sagt, war der Hund von der Kette, und sie hüpften, flöteten und sangen, und balgten sich mit den Böcken und den Schafen.

Bei solcher Kurzweil tritt ein Greis zu ihnen, mit einem Ziegenfell bekleidet, Sohlen von rohem Leder an den Füßen und einen Ranzen übergehängt, einen alten Ranzen. Dieser setzte sich nah zu ihnen und sprach also:

»Ich bin der alte Philetas, ihr Kinder. Viel hab' ich zu diesen Nymphen gesungen; viel auch jenem Pan geflötet und große Herden von Rindern nur durch Musik geführt. Jetzt bin ich zu euch gekommen, euch zu sagen, was ich gesehen, und zu melden, was ich gehört habe. Ich besitze einen Garten, meiner Hände Werk; denn seitdem ich des Alters wegen aufgehört habe zu weiden, bearbeit' ich mir ihn, und was die Jahreszeiten bringen, hab' ich alles in ihm zu jeder Zeit: im Frühling Rosen und Lilien, Hyazinthen und Veilchen beiderlei Art; im Sommer Mohn und Birnen, auch alle Gattungen Äpfel; jetzt Trauben und Feigen, Granatäpfel und grüne Myrten. Zu diesem Garten kommen Scharen von Vögeln zur Morgenzeit; einige der Nahrung wegen, andere um zu singen; denn er ist von Bäumen überwölbt und schattenreich und von drei Quellen bewässert. Wenn man die Mauer hinwegnähme, würde man glauben, einen Hain zu sehn.

Als ich nun heute um die Mittagszeit hineintrat, sah ich unter den Granat- und Myrtenbüschen ein Kind, mit Myrten und Granatäpfeln, weiß wie Milch, das Haar rot wie Feuer, strahlend wie eben aus dem Bad kommend. Es war nackt; es war allein; es spielte, als ob es in seinem eigenen Garten Früchte sammle. Ich lief also hinzu, den Knaben zu fangen; denn mir war bang, daß er in seinem Mutwillen die Myrten und Granatbüsche knickte; er aber entschlüpfte mir gar behend und leicht, bald unter die Rosenhecken, bald unter die Mohnstauden, wie ein junges Rebhuhn. Oftmals haben mir wohl säugende Böckchen, wenn ich sie verfolgte, zu schaffen gemacht; oftmals haben mich auch die kleinen Kälber, wenn ich ihnen nachlief, ermüdet; aber das war ein ganz listiges Wesen, das sich durchaus nicht fangen ließ. Wie ich nun ermattet war, ich alter Mann, und, auf meinen Stab gestützt, Achtung zugleich gab, daß er nicht entliefe, fragte ich ihn, wem in der Nachbarschaft er angehöre und mit welchem Recht er einen fremden Garten plündere. Er aber gab keine Antwort, sondern ganz nah bei mir lachte er recht zart und warf mit Myrten nach mir und schmeichelte mir, ich weiß nicht wie, den Zorn weg. Da bat ich ihn, in meine Arme zu kommen, ohne weitere Furcht, und schwur bei den Myrten, ihn frei zu lassen und ihm noch Äpfel und Granaten dazu zu geben und gern zu gestatten, daß er zu jeder Zeit Früchte von den Bäumen nehme und Blumen pflücke, wenn ich nur einen einzigen Kuß von ihm erhielte.

Da lachte er nun mit gar hellem Ton und ließ mich eine Stimme hören, wie weder die Schwalbe hat noch die Nachtigall noch der Schwan, wenn er alt geworden ist wie ich. ›Mir‹, sagte er, ›Philetas, wär' es leicht, dich zu küssen; denn ich wünsche mehr, geküßt zu werden, als du, dich zu verjüngen. Sieh aber zu, ob diese Gabe deinem Alter gemäß ist. Denn nach dem einen Kuß wird dich das Alter nicht abhalten, mich noch mehr zu verfolgen. Aber es ist schwer, mich zu fangen, selbst für Falken und Adler, oder wenn es noch schnellere Vögel gibt. Ich bin kein Kind, obschon ich ein Kind scheine, sondern älter als Chronos, ja als die ganze Zeit. Wohl weiß ich, wie du in deiner ersten Jugend in jener Niederung die große Rinderherde weidetest, und ich saß neben dir, wenn du bei jenen Buchen flötetest, als du die Amaryllis liebtest; aber du sahst mich nicht, so nah ich auch dem Mädchen stand. Ich gab sie dir, und schon hast du Söhne, wackere Hirten und Landleute. Jetzt aber hüte ich Daphnis und Chloë, und wenn ich sie am Morgen zusammengeführt habe, begeb' ich mich in deinen Garten und ergötze mich an den Blumen und Pflanzen und bade mich in diesen Quellen; und darum sind die Blumen und Pflanzen so schön, weil sie von meinem Bad getränkt werden. Sieh zu, ob dir eine der Pflanzen geknickt, ob eine Frucht dir geraubt, ob die Wurzel einer Blume zertreten, ob eine Quelle getrübt ist; und freue dich, daß du allein von den Menschen im Alter dies Knäblein gesehen hast.‹

Nach diesen Worten erhob er sich wie das Junge der Nachtigall auf die Myrtensträucher, und von Zweig zu Zweig schlüpft' er durch das Laub bis zum Wipfel empor. Da sah ich auch Flügel auf seinen Schultern und einen Bogen zwischen den Flügeln und den Schultern; bald aber sah ich weder dies noch ihn selbst. Wenn ich aber nicht umsonst diese grauen Haare trage noch vor Alter kindisch geworden bin, so seid ihr Kinder dem Eros geweiht, und Eros trägt für euch Sorge.«

Mit großem Ergötzen hörten sie zu, als ob sie ein Märchen, nicht eine Geschichte hörten, und fragten, was denn nur der Eros sei, ob ein Knabe oder ein Vogel, und was er vermöge? Da erwiderte Philetas: »Ein Gott, ihr Kinder, ist

Eros, jung und schön und beschwingt. Deshalb freut er sich auch der Jugend und jagt der Schönheit nach und beflügelt die Seelen. Er vermag aber mehr als Zeus selbst. Er herrscht über die Elemente; er herrscht über die Gestirne; er herrscht über die ihm ähnlichen Götter, mächtiger als ihr über die Ziegen und Schafe. Die Blumen alle sind Eros' Werk; diese Pflanzen hier sind seine Gebilde. Durch ihn ergießen sich die Flüsse, und die Winde wehen durch ihn. Ich sah den Stier, wenn er liebte; und wie von der Bremse gestochen, brüllte er; auch den Bock, der die Ziege liebte: und er folgte ihr überall. Ich selbst war jung und liebte die Amaryllis; da gedacht' ich der Nahrung nicht und nahm keinen Trank zu mir und genoß keinen Schlaf. Meine Seele krankte, mein Herz klopfte, mein Leib schauerte. Ich schrie, als ob ich geschlagen würde, ich war stumm, als ob ich gestorben wäre; ich warf mich in die Flüsse, als ob ich brennte. Ich rief den Pan um Beistand an, weil auch er die Pitys geliebt habe: ich pries die Echo, die mit mir der Amaryllis Namen rief; ich zerbrach meine Flöten, weil sie wohl meine Rinder beruhigten, die Geliebte aber nicht zu mir führten. Denn gegen den Eros hilft kein Mittel, nicht was getrunken, nicht was eingenommen, nicht was in Zauberliedern ausgesprochen wird; keines als Kuß und Umarmung und Zusammenliegen mit nackten Leibern.«

Als Philetas sie soweit unterwiesen hatte, begab er sich weg, nachdem er einige Käse von ihnen und ein schön gehörntes Böckchen empfangen hatte; sie aber, die jetzt zum erstenmal des Eros Namen gehört hatten, versanken, als sie allein gelassen waren, in tiefe Traurigkeit, und in der Nacht, nach der Rückkehr in die Ställe, hielten sie das, was sie vernommen, mit dem zusammen, was sie selbst erfahren hatten: »Die Liebenden härmen sich: auch wir härmen uns; sie achten der Nahrung nicht: auf gleiche Weise achteten auch wir ihrer nicht; sie können nicht schlafen: das widerfährt jetzt auch uns; sie glauben zu brennen: auch in uns ist die Glut; sie wünschen einander zu sehen: darum bricht auch uns der Tag immer später an, als wir wünschen. Wohl mag das Liebe sein, und wir lieben einander, ohne es zu wissen. Wenn es aber nicht Liebe ist und ich nicht der Liebende bin, warum grämen wir uns denn? Warum suchen wir einander? Philetas hat in allem wahr gesprochen. Das Knäblein aus dem Garten erschien ja auch unsern Vätern in jenem Traum und hat uns die Herden zu weiden befohlen. Wie möchte man es doch fangen? Es ist klein und wird fliehen. Und wie möchte einer ihm selbst entfliehen? Es hat Flügel und wird ihn einholen. Wir müssen uns an die hilfreichen Nymphen wenden. Aber auch dem Philetas half Pan nicht, als er die Amaryllis liebte. So müssen wir also die Mittel suchen, die er nannte, den Kuß, die Umarmung und unbekleidet zusammenliegen. Zwar wird es schon kalt; aber wir werden das so gut wie Philetas aushalten.«

Dies war nun ihre nächtliche Erkenntnis. Und als sie am folgenden Morgen mit den Herden auf den Weideplatz kamen und sich ansichtig wurden, küßten sie einander, was sie nie vorher getan hatten, und umfaßten sich mit verschlungenen Armen; das dritte Mittel aber, das Auskleiden und Niederlegen, zögerte noch; denn es war zu dreist, nicht bloß für Mädchen, sondern auch für junge Ziegenhirten. Und die Nacht kam wieder und Schlaflosigkeit mit ihr und Sinnen über das Geschehene und Unmut über das Unterlassene: »Wir haben geküßt: und es hat nichts geholfen; wir haben umarmt; und auch ohne Nutzen. Zusammenzuliegen ist also das einzige Mittel der Liebe; auch dieses muß versucht werden. Sicher ist in ihm eine größere Kraft als in dem Kuß.«

Bei solchen Gedanken erblickten sie denn auch, wie zu erwarten, Träume der Liebe, Küsse und Umarmungen; und was sie am Tage nicht getan haben, das vollbrachten sie im Traum und lagen entkleidet zusammen. Begeisterter also standen sie am folgenden Morgen auf und trieben die Herden rasch hinab, denn sie eilten den Küssen zu: und als sie einander erblickten, liefen sie lächelnd den Weg hinab. Die Küsse erfolgten; das Umfangen mit den Händen kam nachher, das dritte Mittel aber zögerte. Denn weder Daphnis wagte es zu nennen, noch wollte Chloë den Anfang machen, bis sie durch Zufall auch dieses taten.

Sie saßen unter dem Stamm einer Eiche nah zusammen, und da sie einmal die Wonne der Küsse gekostet hatten, schwelgten sie unersättlich in Lust. Auch der Hände Umschlingung übten sie, wodurch Mund an Mund festgedrückt wurde. Als nun bei diesem Umfangen Daphnis sie gewaltsamer an sich zog, so sank Chloë auf die Seite hin, und er, dem Kusse folgend, sank ihr nach. Da erkannten sie das Abbild ihrer Träume und lagen lange Zeit wie zusammengebunden. Da sie aber von dem weiteren nichts wußten und dies für das Ziel des Genusses hielten, verschwendeten sie den größten Teil des Tages umsonst und trennten sich dann und trieben die Herden hinweg, der Nacht grollend. Vielleicht aber hätten sie doch das Wirkliche vollbracht, wenn nicht ein Vorfall die ganze Nachbarschaft mit Schrecken erfüllt hätte.

Reiche Jünglinge aus Methymna, welche die Zeit der Weinlese in ungewohntem Genuß feiern wollten, zogen eine kleine Barke in die See, setzten ihre Diener an das Ruder und besuchten alle Fluren der Mytilenäer, die dem Meer nah liegen. Denn die Seeküste ist an schönen Häfen reich und mit Gebäuden herrlich geschmückt. Auch zahlreiche Bäder, Lustgärten und Haine liegen dort, zum Teil Werke der Natur, zum Teil der Menschen Kunst, alle zu frohem Genuß geeignet. Sie schifften also längs dem Ufer hin, legten hier und da an, taten niemandem Böses, sondern ergötzten sich auf mannigfaltige Art. Bald fingen sie mit Angeln, die durch zarte Fäden an Rohrstäben befestigt waren, von überhängenden Klippen herab, die zwischen den Felsen hausenden Fische; bald erbeuteten sie mit Hunden und Netzen die durch die Unruhe in den Weinbergen verschüchterten Hasen. Jetzt gingen sie auch wohl dem Vogelfang nach und fingen wilde Gänse, Enten und Trappen in Schlingen, so daß sie von der Ergötzung auch Nutzen für den Tisch hatten. Wenn sie aber etwas bedurften, so nahmen sie es von den Landbewohnern, denen sie mehr dafür zahlten, als der Wert betrug. Sie bedurften aber nur Brot und Wein und Obdach; denn in der Herbstzeit auf dem Meer zu weilen, schien nicht ohne Gefahr; daher sie auch aus Furcht vor stürmischen Nächten die Barke an das Ufer zogen.

Da geschah es nun, daß einer der Landleute, der zum Aufziehen des Steines, womit die getretenen Trauben gepreßt werden, eines Strickes bedurfte, da der vorige zerrissen war, heimlich an das Meer und zu dem unbewachten Schiff ging, das Tau losband und es zu Haus zu seinem Zweck benutzte. Am Morgen stellten die methymnäischen Jünglinge Nachforschungen nach dem Tau an, und da niemand den Diebstahl eingestand, schalten sie die Wirte ein wenig und fuhren weiter; und nach einer Fahrt von dreißig Stadien legten sie an den Fluren an, wo Daphnis und Chloë wohnten: denn das Gefild schien ihnen wohlgeeignet zur Jagd der Hasen. Nun hatten sie keinen Strick zur Befestigung; daher drehten sie einen langen grünen Weidenschoß zu einem Tau zusammen und banden damit das Schiff an seinem Hinterteil am Ufer fest. Hierauf ließen sie die Hunde los, Wild aufzustöbern, und stellten Netze in den Gängen auf, wo es ihnen am geeignetsten schien. Bellend liefen nun die Hunde umher und scheuchten die Ziegen, und diese verließen die Anhöhen und eilten mehr nach dem Ufer hin. Da sie aber auf dem Sand keine Nahrung fanden, wagten sich die Dreisteren zu dem Schiff und nagten die grünen Weiden, womit das Schiff befestigt war, ab.

Nun hatte sich von den Bergen der Wind erhoben, und das Meer warf kleine Wellen. Schnell entführte daher der Rückschlag der Wellen das losgebundene Schiff und riß es auf die hohe See hinaus. Als dies die Methymnäer bemerkten, liefen die einen zum Meer hin, die andern riefen die Hunde zusammen; alle aber schrien laut, so daß alles von den nahen Fluren zusammenkam. Aber umsonst. Der Wind war frisch, und mit unaufhaltsamer Eile flog das Schiff mit der Flut dahin. Nun suchten also die Methymnäer, die nicht wenig dabei verloren, den Ziegenhirten auf, und als sie den Daphnis gefunden hatten, schlugen sie ihn und zogen ihn aus. Ja einer nahm das Leitseil eines Hundes und zog ihm die Hände auf den Rücken, um ihn zu binden. Er aber schrie bei den Schlägen und beschwor die Landleute und rief vor allen den Lamon und Dryas zu Hilfe. Diese, bejahrte, aber rüstige Männer, mit Händen, die durch die Landarbeit gestärkt waren, taten Widerstand und verlangten rechtliche Untersuchung über den Vorfall.

Da nun dies auch die andern verlangten, setzten sie den Rinderhirten Philetas zum Richter; denn er war unter den Anwesenden der älteste und hatte unter den Landleuten den Ruf vorzüglicher Gerechtigkeit. Zuerst brachten die Methymnäer ihre Klage an, deutlich und kurz, da sie einen Hirten zum Richter hatten: »Wir kamen auf diese Flur in der Absicht zu jagen. Nun hatten wir unser Schiff mit einem grünen Weidenschoß festgebunden und am Ufer zurückgelassen; wir selbst aber suchten mit den Hunden nach Wild. In dieser Zeit kommen die Ziegen dieses Knaben zum Meer hinab, fressen den Weidenschoß ab und machen das Schiff los. Du hast es auf dem Meer treiben sehen; aber wie viele Güter, meinst du, daß es in sich hält? Welche Kleider sind da verloren! Wieviel Schmuck der Hunde! Wieviel Geld! Alle diese Äcker könnte einer damit kaufen. Dafür wollen wir nun diesen hier mit uns nehmen, da er ein schlechter Hirt ist und die Ziegen am Meer weidet wie ein Schiffer.«

So lautete die Klage der Methymnäer. Daphnis aber, so arg er auch von den Schlägen mißhandelt war, achtete doch alles gering, da er Chloë gegenwärtig sah, und sprach also: »Ich weide die Ziegen, wie es sich gebührt. Nie hat mich ein Nachbar beschuldigt, auch nicht einer, daß eine meiner Ziegen ihm den Garten beschädigt oder eine junge Rebe zertreten hätte; aber diese Männer sind schlechte Jäger und haben übel abgerichtete Hunde, die durch ihr vieles Umherlaufen und ihr rauhes Gebell die Ziegen von den Bergen und den Ebenen nach dem Meer gejagt haben wie Wölfe. Aber sie haben das grüne Seil abgefressen. Allerdings, weil sie auf dem Sand kein Gras, keinen Klee oder Thymian fanden. Aber das Schiff ist von Wind und Wellen verlorengegangen. Das ist des Sturmes, nicht der Ziegen Schuld. Aber es lagen Kleider darin und Geld. Welcher Mensch von gesundem Verstand wird glauben, daß ein so reich beladenes Schiff zum Tau einen Weidenschoß hat?«

Bei diesen Worten weinte Daphnis und erregte großes Mitleid bei den Landleuten; so daß Philetas, der Richter, beim Pan und den Nymphen schwur, Daphnis habe keine Schuld, so wie auch die Ziegen nicht, sondern Meer und Wind, worüber andere zu richten hätten. Hierdurch überzeugte Philetas die Methymnäer nicht; sondern sie ergriffen in ihrem Zorn den Daphnis von neuem und wollten ihn binden. Da gerieten aber die Landleute in Aufruhr und drangen auf sie ein wie Stare oder Dohlen; und schnell entrissen sie ihnen den Daphnis, der auch selbst mit kämpfte, schlugen mit Stöcken drein und jagten sie in die Flucht, ließen auch nicht eher ab, bis sie über die Grenzen hinaus in eine andere Flur getrieben waren.

Während nun jene die Methymnäer verfolgten, führte Chloë in aller Stille den Daphnis zu den Nymphen und wusch ihm das blutige Gesicht ab – denn er hatte einen Schlag auf die Nase bekommen –, nahm aus der Hirtentasche ein Stück gesäuertes Brot und einen Schnitt Käse und gab es ihm zu essen, und was ihn am meisten erquickte, sie drückte ihm einen honigsüßen Kuß mit ihren zarten Lippen auf.

So entrann also damals Daphnis einer großen Gefahr: Die Sache aber war damit nicht geendigt. Denn kaum waren die Methymnäer in ihrer Heimat angekommen, Fußgänger statt Schiffer, und statt üppigen Schmuckes mit Wunden bedeckt, als sie eine Versammlung ihrer Mitbürger beriefen, als Flehende auftraten und um Rache baten. Von dem wahren Verlauf der Sache aber sagten sie kein Wort, um nicht noch obendrein verlacht zu werden, wenn man erführe, daß sie so große Schmach von Hirten erduldet hätten; sondern beschuldigten die Mytilenäer, ihnen ihr Schiff genommen und ihre Güter geraubt zu haben nach der Weise des Krieges. Jene glaubten ihnen wegen der Wunden, und da sie es für billig hielten, Jünglingen aus ihren ersten Häusern Genugtuung zu verschaffen, beschlossen sie gegen die Mytilenäer einen Krieg ohne Kriegserklärung und befahlen dem Feldherrn, mit zehn Schiffen in See zu gehen und die Seeküsten zu verheeren; denn da der Winter so nah war, schien es nicht sicher, dem Meer eine größere Flotte anzuvertrauen.

Dieser brach sogleich mit seinen Kriegern, die auch Ruderer waren, auf und überfiel die am Meer gelegenen Fluren der Mytilenäer. Hier raubte er viele Herden, auch viel Getreide und Wein, da die Weinlese eben zu Ende war, und nicht wenige Menschen, die dort auf dem Land arbeiteten. Auch Chloës und Daphnis' Flur überfiel er, unternahm eine schnelle Landung und trieb, was ihm in die Hände kam, als Beute weg. Daphnis war nicht bei den Ziegen, sondern hieb oben im Wald grünes Laub ab, um im Winter Futter für die jungen Ziegen zu haben; und da er von der Höhe herab den feindlichen Überfall sah, verbarg er sich in dem hohlen Stamm einer abgestorbenen Buche. Chloë aber war bei den Herden, und da sie verfolgt wurde, floh sie zu den Nymphen und bat die Verfolgenden, ihre Herde zu schonen und sie selbst, um der Göttinnen willen. Umsonst. Die Methymnäer verhöhnten die Bilder mit vielem Spott und trieben die Herden weg und zogen auch Chloë fort, wie eine Ziege oder ein Schaf, und schlugen mit Reisern auf sie.

Als sie nun die Schiffe mit mannigfaltigem Raub angefüllt hatten, beschlossen sie, nicht weiter zu segeln, sondern nahmen den Weg nach Hause, da sie Winterstürme und Feinde fürchteten. Sie fuhren also mit mühsamer Ruderarbeit fort, denn es regte sich kein Wind; Daphnis aber kehrte, als es ruhig geworden, auf die Ebene nach dem Weideplatz zurück; und da er hier weder die Ziegen sah noch die Schafe antraf noch Chloë fand, sondern überall die tiefste Einsamkeit und auch die Syrinx, Chloës gewohnte Freude, auf die Erde geworfen, lief er mit lautem Geschrei und kläglichem Jammer bald zu der Eiche, wo sie zu sitzen pflegten, bald zu dem Meer, in der Hoffnung, sie hier zu sehen; bald zu den Nymphen, zu denen sie geflohen war. Hier warf er sich zur Erde und klagte die Nymphen des Verrates an:

»Von euch wurde Chloë weggerissen; und ihr habt dies mit anzusehen vermocht? Sie, die euch Kränze flocht; die euch die erste Milch spendete; deren Gabe diese Syrinx ist! Keine Ziege hat mir der Wolf geraubt, und nun rauben Feinde die Herde und die Gefährtin! Ach! Sie erwürgen die Ziegen und schlachten die Schafe; und Chloë wird künftig in der Stadt wohnen. Wie soll ich nun zum Vater und zur Mutter gehen, ohne die Ziegen, ohne Chloë, künftig ein elender Mietling? Denn ich habe nichts mehr zu hüten. Hier will ich liegen bleiben und den Tod erwarten, oder einen zweiten Krieg. Fühlst du, Chloë, Gleiches mit mir? Denkst du an diese Gefilde, an diese Nymphen und an mich? Oder geben dir die Schafe und Ziegen, deine Mitgefangenen, Trost?«

Indem er so sprach, überfiel ihn unter Tränen und Schmerz ein tiefer Schlaf, und die drei Nymphen traten zu ihm hin, als große und schöne Weiber, halb entblößt und unbeschuht, die Haare aufgelöst und ihren Bildern gleich. Zuerst, wie es ihm vorkam, bezeigten sie sich mitleidig gegen ihn; dann nahm die älteste das Wort und sprach ihm Mut zu: »Schilt uns nicht, Daphnis! Mehr noch als dir liegt uns Chloë am Herzen. Wir erbarmten uns ihrer, da sie ein Kind war; und als sie in dieser Grotte lag, verliehen wir ihr Nahrung. Sie hat nichts mit diesen Fluren, nichts mit Lamons Schafen gemein. Und auch jetzt ist von uns für sie gesorgt, daß sie nicht nach Methymna entführt, Sklavendienste tun noch ein Teil der Kriegsbeute werde. Auch den Pan dort, der unter der Pinie steht, und den ihr nie, nicht einmal mit Blumen geehrt habt, den haben wir gebeten, Chloës Retter zu werden. Er ist des Krieges mehr gewohnt als wir und hat schon oft die Flur verlassen, um im Kriege mitzukämpfen. So wird er auch jetzt weggehen, den Methymnäern kein erfreulicher Gegner. Überlaß dich also nicht der Traurigkeit, sondern stehe auf und zeige dich dem Lamon und der Myrtale, die ebenfalls auf der Erde liegen, weil sie glauben, auch du seist ein Teil des Raubes geworden. Am morgigen Tag wird Chloë zu dir zurückkehren mit den Ziegen und mit den Schafen, und ihr werdet zusammen weiden und zusammen flöten; für das übrige wird Eros bei euch sorgen.«

Als nun Daphnis solches gesehen und vernommen hatte, sprang er auf aus dem Schlaf, und weinend vor Lust und Kummer kniete er vor den Bildern der Nymphen nieder und gelobte, wenn Chloë gerettet wäre, die beste seiner Ziegen zu opfern. Dann lief er auch zu der Pinie hin, wo das Bildnis des Pan aufgestellt war, bockfüßig und gehörnt, in der einen

Hand die Syrinx, in der andern einen springenden Bock; und kniete auch vor diesem nieder und betete für Chloë und gelobte ihm, einen Bock zu opfern. Und schon neigte sich die Sonne zum Untergang, als er endlich von Beten und Weinen rastete. Da nahm er das Laub, das er gehauen hatte, zusammen und kehrte zu den Ställen zurück und wandelte Lamons und seines Weibes Trauer in Freudigkeit um; dann genoß er einige Nahrung und überließ sich dem Schlaf, der aber auch nicht ohne Tränen war. Denn er wünschte die Nymphen wiederum im Traum zu sehen; auch daß schnell der Tag kommen möchte, wünschte er, wo sie ihm Chloë verheißen hatten. Während dieser Nacht aber trug sich folgendes zu:

Die Flotte der Methymnäer hatte sich etwa zehn Stadien weit entfernt, als der Führer beschloß, den von ihrem Feldzug ermüdeten Kriegern eine Erholung zu gönnen. Daher ließ er bei einem Vorgebirge, das sich mondförmig in das Meer erstreckte und eine Bucht bildete, in welcher das Meer ruhiger als in einem Hafen lag, die Schiffe auf hoher See Anker werfen, so daß die Landleute keines vom Ufer aus beschädigen konnten, und gestattete seinen Methymnäern den Genuß einer friedlichen Ergötzlichkeit. Da sie nun durch den Raub Überfluß an allem hatten, begingen sie trinkend und scherzend eine Art von Siegesfest. Als aber der Tag zu Ende ging und die Lust in anbrechender Nacht erlosch, da schien plötzlich das ganze Land in Feuer zu stehen, und ein Geräusch wurde vernommen wie vom Schlagen der Ruder, als ob ein großes Geschwader nahte. Da schrie einer dem Feldherrn zu, die Waffen zu ergreifen; einer rief den andern; einer glaubte auch verwundet zu sein, und einer lag wie tot auf der Erde. Man hätte meinen sollen, es werde eine nächtliche Schlacht geliefert, ohne daß doch Feinde zugegen waren.

Auf eine solche Nacht folgte ihnen ein Tag, der noch furchtbarer war als die Nacht. Die Böcke von der Herde des

Daphnis und die Ziegen hatten traubigen Efeu um die Hörner; Chloës' Widder und Schafe aber heulten den Wölfen gleich. Sie selbst erschien mit einem Fichtenzweig bekränzt. Auch auf dem Meer begaben sich seltsame Zeichen. Die Anker blieben in der Tiefe, wenn man sie aufzuwinden versuchte; die Ruder zerbrachen, wenn man sie in das Wasser senkte; und Delphine sprangen auf aus dem Meer, schlugen mit den Schwänzen gegen das Schiff und lösten seine Fugen auf. Auch wurde von dem schroffen Felsen herüber, der über dem Vorgebirge lag, der Ton der Syrinx vernommen; aber nicht erfreulich klang er wie die Syrinx, sondern schreckte die Hörenden wie die Trompete. Bestürzung ergriff sie, und sie liefen nach den Waffen und riefen die Feinde an, die nicht sichtbar waren, so daß sie die Nacht zurückwünschten, von der sie Frieden erwarteten. So viel erkannten nun bei diesen Vorfällen alle, die gesunden Sinnes waren, daß diese Trugbilder und Stimmen ein Werk des Pan wären, der den Schiffern zürne. Die Ursache aber konnten sie nicht erraten; denn kein Heiligtum des Pan war beraubt worden; bis um die Mittagszeit nicht ohne göttliche Schickung der Feldherr in Schlaf fiel, den Pan erblickte und Folgendes von ihm vernahm:

»Oh, ihr aller Menschen ruchloseste und gottvergessenste, wie habt ihr rasenden Sinnes solchen Frevel begangen? Ihr habt über Fluren, die ich liebe, den Krieg verbreitet; ihr habt Herden von Rindern und Ziegen und Schafen, die unter meiner Obhut stehen, hinweggetrieben, ihr habt von den Altären ein Mädchen weggerissen, aus welchem Eros eine Geschichte der Liebe machen will; und weder die Blicke der Nymphen habt ihr gescheut, noch mich, den Pan. Ihr werdet Methymna nicht wiedersehen, wenn ihr mit solcher Beute schifft, noch werdet ihr dieser Syrinx entrinnen, die euch mit Schrecken erfüllt hat; sondern ich werde euch in die Fluten versenken und den Fischen zum Futter geben, wenn du nicht auf das schleunigste Chloë den Nymphen zurückgibst und Chloës' Herden, die Ziegen wie die Schafe. Auf denn, und schiffe das Mädchen aus mit dem, was ich gesagt habe. Dann werd' ich dich geleiten auf deiner Fahrt, und jene auf ihrem Wege.«

In großer Bestürzung sprang Bryaxis – dies war des Feldherrn Name – auf, rief die Befehlshaber der Schiffe zusammen und befahl ihnen, auf das schleunigste unter den Gefangenen Chloë aufzusuchen. Sie fanden sie schnell und führten sie zu ihm; denn sie saß mit dem Fichtenzweige bekränzt; und da er auch hierin eine Bestätigung seines Traumgesichtes sah, brachte er sie auf seinem eigenen Schiffe an das Land. Und kaum war sie ausgestiegen, als wiederum der Ton der Syrinx von dem Felsen her vernommen wurde, aber nicht mehr kriegerisch und furchtbar, sondern hirtlich wie der Ton, der die Herden zur Weide führt. Auch eilten die Schafe auf den Stiegen hinab, ohne auf dem Horn ihrer Klauen auszugleiten, und noch weit kecker die Ziegen, weil sie auf Felsen zu klettern gewohnt sind.

Diese umringten nun Chloë wie ein Chor, hüpfend und blökend, wie von Freude belebt; die Ziegen der andern Hirten aber und die Schafe und die Rinderherden blieben an ihrer Stelle im Schiffsraum, als ob die Gesangsweise sie nichts anginge. Indem nun alle voll Staunens waren und den Pan mit lauter Stimme priesen, zeigte sich auf beiden Elementen noch Wunderbareres. Die Schiffe der Methymnäer begannen ihren Lauf, ehe die Anker aufgewunden waren, und ein Delphin tauchte aus dem Wasser auf und zog vor dem Schiff des Feldherrn her; die Ziegen und Schafe aber führte der süßeste Flötenton, den Flötenden aber sah niemand, und die Schafe und Ziegen gingen fort und weideten zugleich, durch die Töne erfreut.

Es war etwa die Zeit der zweiten Weide, als Daphnis von einer hohen Warte herab die Herden und Chloë erblickte und mit dem Rufe: »O Nymphen und Pan!« auf die Ebene hinablief und Chloë umarmend leblos niedersank. Langsam kehrte er durch Chloës' Küsse und Umarmungen in das Leben zurück und begab sich zu der gewohnten Buche, und unter dem Stamm sitzend, fragte er sie, wie sie so vielen Feinden entronnen sei? Sie aber erzählte ihm alles, den Efeu der Ziegen, das Heulen der Schafe, den Fichtenkranz, der ihrem Haupt entblüht war, das Feuer auf dem Land, das Getöse auf dem Meer, die zwiefache Weise der Flöte, die kriegerische wie die friedliche, die furchtbare Nacht, und wie ihr auf unbekanntem Weg die Musik zur Führerin gedient habe. Daphnis erkannte die Träume der Nymphen und die Werke Pans und erzählte auch seinerseits, was er gesehen, was er gehört hatte und wie die Nymphen ihn, als er habe sterben wollen, in das Leben zurückgerufen. Dann schickte er sie ab, um den Dryas und Lamon, und was zum Opfer nötig war, zu holen; er selbst aber ergriff während dieser Zeit die schönste der Ziegen, kränzte sie mit Efeu, so wie sie sich den Feinden gezeigt hatten, goß Milch auf ihre Hörner und opferte sie den Nymphen; dann hing er sie auf, häutete sie und weihte die Haut.

Als sich jetzt Chloë mit ihren Begleitern eingefunden, zündete er Feuer an und kochte einiges von dem Fleisch, anderes röstete er, weihte dann den Nymphen die ersten Stücke und einen Mischkrug voll Most; häufte Laub zum Lager auf und freute sich beim Mahl, beim Trank und frohem Scherz; zugleich aber sah er nach den Herden, damit nicht der Wolf sie überfiele und Taten der Feinde verübte. Auch sangen sie Lieder auf die Nymphen, Werke alter Hirten. Als die Nacht kam, legten sie sich dort auf dem Feld nieder, und am folgenden Tage gedachten sie des Pan. Sie bekränzten einen der Böcke, den Führer der Herde, mit Fichtenlaub und führten ihn zu der Pinie; dann nach gespendetem Wein und Anrufung des Gottes opferten sie den

Bock, hingen ihn auf und häuteten ihn; und nachdem sie das Fleisch geröstet und gesotten hatten, legten sie es zunächst auf die Wiese, auf Blätter; die Haut aber mit den Hörnern hefteten sie an die Pinie neben dem Bild, ein ländliches Weihgeschenk dem ländlichen Gott. Auch schnitten sie ihm von dem Fleisch ab und spendeten aus einem größeren Mischkrug. Chloë sang, Daphnis flötete.

Nach vollbrachtem Opfer legten sie sich nieder und aßen; da trat zufällig der Rinderhirt Philetas zu ihnen, der dem Pan einige Kränze brachte und Trauben, noch an den Blättern und an den Reben fest. Ihm folgte der jüngste seiner Söhne, Tityrus, ein blondes Knäblein mit blauen Augen und weißer Haut und keck; leicht einherspringend, wie ein Böckchen hüpft. Sie sprangen also vom Lager auf, halfen den Pan bekränzen und hingen die Reben an den Zweigen der Pinie auf; dann luden sie ihn an ihre Seite ein und machten ihn zum Genossen des Mahls. Und nun, nach zechender Greise Art, sprachen sie viel miteinander; wie sie in ihrer Jugend geweidet und vielen Überfällen der Räuber entronnen waren. Der eine rühmte sich, daß er einen Wolf getötet; der andere, daß er nur dem Pan im Flötenspiel nachstehe; und diesen Ruhm eignete Philetas sich zu.

Da boten nun Daphnis und Chloë alles auf, ihn zu bitten, daß er auch ihnen etwas von seiner Kunst gönne und die Syrinx tönen lasse bei dem Fest des Gottes, der sich der Syrinx freut. Philetas sagte es zu, ob er gleich das atemlose Alter schalt, und nahm die Syrinx des Daphnis in die Hand. Diese aber war für so große Kunst zu klein; denn nur für eines Knaben Mund war sie gemacht. Er schickte also den Tityrus nach seiner eigenen Syrinx zu dem Haus, das zehn Stadien entlegen war. Jener warf seinen Schurz ab und lief nackt dahin wie ein Reh; Lamon aber erbot sich, ihnen das Märchen von der Syrinx zu erzählen, das ihm einst ein sizilischer Ziegenhirt für einen Bock und eine Syrinx gesungen hatte:

»Diese Syrinx, das Werkzeug hier, war kein Werkzeug, sondern ein schönes, lieblich singendes Mädchen. Es weidete Ziegen, scherzte mit den Nymphen und sang wie jetzt. Als es nun weidete, scherzte, sang, trat Pan zu ihm hin und wollte es bereden zu dem, was er wünschte, und verhieß ihm, allen seinen Ziegen zwiefache Junge zu verleihen. Sie spottete aber seiner Liebe und sagte, sie begehre einen Liebhaber nicht, der weder ein Bock noch ein ganzer Mensch sei. Da schickte er sich an zur Gewalt; und die Syrinx floh den Pan und seine Gewalt; fliehend, ermüdet, verbirgt sie sich in dem Geröhr und verschwindet in einem Sumpf. Zornig schneidet Pan das Rohr, und da er das Mädchen nicht findet und dessen Schicksal gewahrt, ersinnt er das Werkzeug und verbindet ungleiche Rohre mit Wachs, so wie auch ihre Liebe ungleich gewesen war; und sie, vordem ein schönes Mädchen, ist jetzt eine tönende Syrinx.«

Eben hatte Lamon die Erzählung geendigt, und Philetas lobte ihn, daß seine Geschichten süßer tönten als Gesang, da trat Tityrus zu ihnen mit der Syrinx seines Vaters, einem großen Werkzeug aus großen Pfeifen; wo sie mit Wachs verbunden war, war sie mit Erz geschmückt. Man hätte mutmaßen können, es sei dieselbe, welche Pan zuerst gefügt hatte. Da erhob sich Philetas und setzte sich aufrecht auf seinem Sitz und prüfte zuerst die Rohre, ob sie leicht ansprächen: dann, als er sah, daß der Hauch sie ungehindert durchlief, blies er stark und kräftig hinein. Man hätte glauben sollen, ein Konzert mehrerer Flöten zu hören; so laut war sein Spiel. Allmählich aber milderte er die Kraft des Tones und gab ihm größere Lieblichkeit; und indem er jegliche Kunst musikalischer Hirtenart zeigte, flötete er, wie es sich für Rinderherden paßt, wie es Ziegen angemessen ist, wie es die Schafe lieben. Lieblich war der Ton für die Schafe; stark für die Rinder; durchdringend für die Ziegen: kurz, alle Syringen ahmte die eine Syrinx nach.

Die andern saßen nun in schweigendem Ergötzen; Dryas aber stand auf und verlangte eine bacchische Weise und tanzte ihnen einen Winzertanz. Bald glich er einem, der Trauben abliest; bald einem, der Körbe trägt; dann dem, der Trauben tritt; dann dem, der die Fässer füllt; dann dem, der von dem Most trinkt. Dies alles tanzte Dryas mit solcher Geschicklichkeit, daß man die Weinstöcke sah, und die Kelter, und die Fässer, und Dryas in Wahrheit zu trinken schien.

So zeigte sich auch der dritte Greis gar löblich im Tanz und küßte Chloë und Daphnis; und diese erhoben sich sogleich und tanzten Lamons Geschichte nach. Daphnis stellte den Pan, Chloë die Syrinx dar. Er flehte um Erhörung; sie aber lächelte achtlos. Er verfolgte sie und lief auf den Fußzehen, die Bocksklauen nachahmend; sie aber stellte sich ermüdet von der Flucht. Dann verbarg sich Chloë im Gebüsch, wie in dem Sumpf; Daphnis aber nahm des Philetas Syrinx, die große, und stimmte klagende Töne an, als sprach' er von Liebe; zärtliche, als wollt' er sie bereden; zurückrufende, als suche er sie; so daß Philetas voll Bewunderung aufsprang und ihn küßte und nach dem Kuß ihm die Syrinx schenkte, mit dem Wunsch, daß auch Daphnis sie einem ähnlichen Erben hinterlassen möchte. Dieser aber weihte die eigene Syrinx, die kleine, dem Pan, küßte Chloë, als sei sie von ihm nach einer wirklichen Flucht gefunden, und trieb die Herde flötend weg. Da es schon Nacht geworden war, rief auch Chloë die Herde mit der Syrinx zusammen und trieb sie weg; und die Ziegen gingen neben den Schafen her, und Daphnis an Chloës Seite. So genossen sie einander bis in die Nacht und kamen überein, am nächsten Morgen die Herden früher auszutreiben; und so taten sie auch. Denn kaum war der Tag angebrochen, so kamen sie auf die Weide. Hier beteten sie erst zu den Nymphen; dann zum Pan, setzten sich dann unter die Eiche und flöteten; dann küßten sie sich, umarmten sich, legten sich nieder;

und ohne etwas weiter getan zu haben, standen sie auf. Auch trugen sie Sorge für Speise und tranken Wein, den sie mit Milch gemischt hatten.

Durch dieses alles wärmer und dreister geworden, gerieten sie zusammen in einen Liebesstreit, und allmählich kam es zu Schwüren der Treue. Daphnis trat zu der Pinie hin und schwur beim Pan, nie allein ohne Chloë zu leben, auch nicht einen Tag; Chloë aber begab sich in die Grotte und schwur bei den Nymphen, Leben und Tod mit Daphnis zu teilen. So groß aber war Chloës Mädchenhaftigkeit, daß, als sie aus der Grotte trat, sie einen zweiten Schwur von ihm verlangte. »Oh, Daphnis«, sagte sie, »Pan ist ein verliebter und ungetreuer Gott; er hat die Pitys geliebt, er hat die Syrinx geliebt; nie hört er auf, die Dryaden zu plagen und den epimelischen Nymphen Händel zu machen. Kümmerst du dich also nicht um deinen Schwur, so wird er sich auch nicht kümmern, dich zu strafen, wenn du dich auch zu mehr Weibern hieltest, als die Syrinx Rohre hat. Schwöre du mir bei dieser Herde und bei jener Ziege, die dich genährt hat, Chloë nicht zu verlassen, solange sie dir die Treue bewahrt; wenn sie aber gegen dich und die Nymphen sündigt, dann fliehe, hasse, töte sie, wie einen Wolf.«

Daphnis freute sich ihres Mißtrauens; stellte sich dann mitten in die Herde, faßte mit der einen Hand eine Ziege, mit der andern einen Bock und schwur, Chloë zu lieben, so lange sie liebte, und wenn sie dem Daphnis einen andern vorzöge, statt ihrer sich selbst zu töten. Da freute sie sich und traute ihm als ein Mädchen und eine Hirtin, weil sie Ziegen und Schafe für der Schäfer und Ziegenhirten eigentliche Götter hielt.

DRITTES BUCH

Als die Mytilenäer die Landung der zehn Schiffe erfuhren und einige Leute, die von dem Land kamen, ihnen die Plünderung anzeigten, meinten sie, solches Unrecht auf keine Weise von den Methymnäern dulden zu dürfen, sondern beschlossen, ebenfalls die Waffen gegen sie auf das schleunigste zu ergreifen. Sie rüsteten also dreitausend Schildträger und fünfhundert Pferde aus und schickten den Feldherrn Hippasus zu Land ab, da sie das Meer zur Zeit des Winters bedenklich fanden.

Hippasus zog also aus, verheerte aber die Fluren der Methymnäer nicht und raubte auch keine Herden noch andere Güter der Landbewohner, was ihm mehr Taten eines Räubers als eines Feldherrn schienen; sondern eilte nach der Stadt selbst, um durch die unbewachten Tore einzudringen. Als er aber etwa noch hundert Stadien entfernt war, kam ihm ein Herold mit dem Anerbieten eines Vergleiches entgegen. Denn da die Methymnäer von den Gefangenen erfahren hatten, daß die Mytilenäer gar nicht um die früheren Vorgänge wußten, sondern daß Landleute und Hirten dies gegen frevelnde Jünglinge getan hatten, bereute sie es, sich gegen eine Nachbarstadt mehr rasch als klug gewagt zu haben, und sie waren jetzt bestrebt, durch Erstattung des ganzen Raubes den friedlichen Verkehr zu Wasser und zu Lande wiederherzustellen. Den Herold verwies nun Hippasus, obgleich mit unumschränkter Vollmacht zum Feldherrn ernannt, an die Mytilenäer; und nachdem er in einer Entfernung von etwa zehn Stadien von Methymna ein Lager aufgeschlagen hatte, erwartete er hier die Befehle der Stadt; und nach Verlauf von zwei Tagen kam der Bote mit dem Befehl, sich den Raub ausliefern zu lassen und ohne weitere Feindseligkeiten nach Hause zurückzukehren. Denn da sie die Wahl zwischen Krieg und Frieden hatten, fanden sie den Frieden vorteilhafter.

So wurde der Krieg der Methymnäer und Mytilenäer, ebenso unerwartet in seinem Anfang als in seinem Ende, beigelegt. Jetzt begann aber der Winter, der für Daphnis und Chloë herber war als der Krieg; denn ein starker Schnee, der plötzlich gefallen war, sperrte alle Wege ab und alle Landbewohner ein. Ungestüm ergossen sich die Bäche hernieder; es fror Eis, und die Bäume sahen wie abgestorben aus. Das ganze Erdreich war bedeckt, außer etwa um die Quellen und Flüsse her. Niemand trieb also die Herden auf die Weide; niemand ging selbst vor die Tür hinaus; sondern, nachdem sie beim Hahnenruf ein großes Feuer angezündet hatten, spannen einige Flachs, andere flochten Ziegenhaare, noch andere verfertigten mit Kunst Fallen für Vögel. Die Rinder wurden an den Krippen mit Kleie versorgt; Schafe und Ziegen in den Ställen mit Laub; die Schweine in den Kofen mit Eicheln und Bucheckern.

Bei dieser erzwungenen Häuslichkeit freuten sich die anderen Landleute und Hirten, auf einige Zeit der Arbeit enthoben zu sein, das Morgenbrot in Ruhe zu verzehren und langen Schlaf zu genießen, so daß ihnen der Winter süßer dünkte als Sommer und Herbst, ja als der Frühling selbst; Chloë aber und Daphnis, die nur die zurückgelassenen Freuden im Sinn hatten, wie sie geküßt, wie sie sich umarmt, wie sie zusammen ihr Mahl eingenommen hatten, brachten die Nächte schlaflos und traurig hin und erwarteten die Frühlingszeit, als die Wiedergeburt vom Tode. Alles betrübte sie: wenn ihnen eine Hirtentasche in die Hände fiel, aus der sie aßen; oder ein Becher, aus dem sie zusammen tranken; oder die Syrinx, die jetzt vernachlässigt dalag, sie, die eine Gabe der Liebe gewesen war. Da beteten sie zu den Nymphen und zum Pan, sie auch aus diesen Übeln zu erlösen und ihnen und den Herden doch einmal die Sonne zu zeigen; und bei dem Gebet sannen sie auf Mittel, einander zu sehen. Chloë zwar sah nirgends Rat und Hilfe; denn immer war ihr die vermeintliche Mutter zur Seite und lehrte sie Wolle krempeln und die Spindel drehen und sprach vom Heiraten; Daphnis aber, welcher Muße hatte und erfindsamer als ein Mädchen war, erfand folgende List, um Chloë zu sehen:

Vor des Dryas Hofraum, unmittelbar an dem Hof, standen zwei starke Myrten und Efeu. Die Myrten waren nah beisammen, und der Efeu zwischen beiden, so daß er seine Ranken zwischen beiden verteilte und durch die verschlungenen Blätter eine Art von Grotte bildete, und viele und große Dolden hingen wie Trauben von den Reben herab. Um ihn her war eine große Menge von Wintervögeln versammelt, aus Mangel an Nahrung im Feld; viele Amseln, viele Drosseln, Waldtauben und Stare und andere Vögel, die den Efeu lieben. Sie zu fangen machte sich Daphnis auf den Weg, nachdem er die Hirtentasche mit Honigbrot gefüllt hatte, und um sein Vorgehen zu beglaubigen, nahm er auch Vogelleim und Schlingen mit. Der Weg war nicht weiter als zehn Stadien; aber der Schnee, der noch nicht geschmolzen war, machte ihm viel Mühe; die Liebe aber findet durch alles einen Weg, durch Feuer, durch Wasser und durch skythischen Schnee.

Daphnis eilte also schnell dem Hof zu, und nachdem er den Schnee von den Füßen abgeschüttelt hatte, stellte er die Dohnen auf und strich den Vogelleim auf lange Stäbe; setzte sich dann nieder und sann zugleich auf die Vögel und auf Chloë. Vögel kamen nun wohl in Menge und wurden reichlich gefangen, so daß er tausend Mühe hatte, sie zu sammeln, zu töten und zu rupfen; aus dem Hof aber kam niemand, kein Mann, kein Weib, kein Haushuhn, sondern alles weilte drin beim Feuer eingesperrt; so daß ihm bange war, er möchte mit »ungünstigen Vögeln« gekommen sein, und schon wagen wollte, unter irgendeinem Vorwand einzudringen, und bei sich sann, was er wohl am wahrscheinlichsten vorbringen könnte. »Ich wollte hier Feuer holen. – Gab es denn keine näheren Nachbarn? – Ich wollte mir Brot hier ausbitten. – Aber du hast ja die Tasche voll Lebensmittel. – Ich brauche Wein. – Ihr habt ja kaum gestern oder vorgestern selbst gekeltert. – Ein Wolf verfolgte mich. – Und wo sind die Spuren des Wolfs? – Ich wollte hier Vögel fangen. – Nun, warum gehst du nicht fort, wenn du welche gefangen hast? – Ich will Chloë sehn. – Wer gesteht dies den Eltern eines Mädchens? – Soll ich niesen? Es ist überall so still. – Aber nichts von dem allem ist unverdächtig. – Besser also ist's, mich still zu verhalten. Chloë werde ich im Frühling sehen, da es mir, wie es scheint, nicht beschieden ist, sie im Winter zu sehen.« Nachdem er so bei sich hin und her gedacht hatte, nahm er seine Beute zusammen und war im Begriff zu gehen. Da geschah, als ob Eros Mitleid mit ihm gehabt hätte, folgendes.

Dryas war mit den Seinigen beim Essen. Das Fleisch war ausgeteilt, die Brote aufgesetzt, der Mischkrug gefüllt. Da ersah einer der Schafhunde die Zeit, wo niemand Achtung gab, raubte ein Stück Fleisch und entfloh durch die Tür. Ärgerlich darüber ergriff Dryas – denn es war sein Anteil – einen Stock und verfolgte ihn auf dem Fuß, wie ein zweiter Hund; und als er dabei zu dem Efeu kam, erblickte er den Daphnis, der seinen Fang eben aufgeladen hatte und fortgehen wollte. Sogleich hatte er Fleisch und Hund vergessen und rief mit lauter Stimme: »Sei gegrüßt, mein Sohn!« umarmte und küßte ihn, und führte ihn an der Hand hinein. Fast wären die Liebenden jetzt, als sie einander sahen, zur Erde gesunken; sie umarmten sich aber und hielten sich aufrecht, und grüßten und küßten sich; und das war ihnen wie eine Stütze, daß sie nicht niederfielen.

So war Daphnis unverhofft zu einem Kuß und zu Chloë gelangt und setzte sich nun an das Feuer und lud von seinen Schultern die Waldtauben und die Amseln ab auf den Tisch und erzählte, wie er verdrießlich über das Daheimsitzen sich aufgemacht zur Jagd, und wie er einige mit Schlingen, andere mit Leimruten fange, wenn sie Myrten und Efeu naschten. Sie lobten nun seine Tätigkeit und luden ihn ein zu essen, was der Hund übriggelassen habe; Chloë aber befahlen sie einzuschenken. Vergnügt hierüber, reichte sie den andern und dem Daphnis nach den andern; denn sie stellte sich ungehalten, weil er habe weggehen wollen, ohne sie zu sehen. Doch nippte sie erst, ehe sie ihm den Becher reichte; dann gab sie ihn so hin. Er aber trank, so durstig er auch war, doch langsam, und verschaffte sich durch das Zögern einen längeren Genuß.

Schnell war der Tisch von Brot und Fleisch geleert; doch blieben sie sitzen und fragten nach Lamon und Myrtale und priesen ihr Glück, eine solche Stütze ihres Alters zu haben. Und Daphnis freute sich des Lobes, weil Chloë es hörte; als sie ihn aber gar bei sich zurückhielten, weil sie am folgenden Tage dem Dionysos opfern wollten, so fehlte nicht viel, daß er nicht sie statt des Dionysos angebetet hätte. Sogleich zog er aus seiner Hirtentasche viel Honigkuchen und die gefangenen Vögel; und diese bereiteten sie zum Nachtessen zu. Ein zweiter Mischkrug wurde nun aufgestellt und zum zweitenmal Feuer angezündet; und da die Nacht früh einfiel, genossen sie ein zweites Mahl, und nachdem sie hierauf bald Geschichten erzählt, bald gesungen hatten, legten sie sich zu schlafen nieder, Chloë mit ihrer Mutter. Dryas mit dem Daphnis. Chloë hatte davon keinen Gewinn, außer der Hoffnung, am folgenden Morgen den Daphnis zu sehen. Daphnis aber erfreute sich mit einem Wahne der Lust; denn es schien ihm ergötzlich, wenigstens mit Chloës Vater zusammenzuschlafen; daher er diesen umarmte und oftmals küßte, nicht anders wähnend, als daß er dieses alles Chloë täte.

Als es nun Tag wurde, war die Kälte außerordentlich, und alles erstarrte bei der Nordluft. Sie aber standen auf und opferten dem Dionysos einen jährigen Widder, zündeten dann ein großes Feuer an und bereiteten das Mahl. Während nun Nape Brot buk und Dryas das Fleisch kochte, nutzten Daphnis und Chloë die Zeit und gingen vor den Hof, wo der Efeu stand; hier stellten sie wieder Schlingen auf und bestrichen Ruten mit Vogelleim und fingen keine kleine Menge Vögel; und dabei hatten sie den ungestörten Genuß der Küsse und der Worte erfreulichen Austausch.

»Um deinetwillen bin ich gekommen, Chloë.« – »Ich weiß es, Daphnis.« – »Um deinetwillen mord' ich die armen Vögel. Wie steh' ich nun bei dir? Warst du auch meiner eingedenk?« – »Ich bin deiner eingedenk, bei den Nymphen, zu denen ich einst in jener Grotte geschworen habe, in die wir sogleich zurückkehren wollen, wenn der Schnee geschmolzen ist.« – »Ach, des Schnees ist viel, Chloë, und ich fürchte, daß ich früher schmelze als er.« – »Fasse Mut, Daphnis; die Sonne scheint warm.« – »Wäre sie doch so warm wie das Feuer, das mein Herz durchglüht!« – »Du scherzest und täuschest mich.« – »Nein, bei den Ziegen, bei denen du mir befohlen hast, zu schwören!«

Indem Chloë auf diese Weise dem Daphnis wie ein Echo entgegnete, rief Nape sie herein, und sie brachten eine noch weit reichlichere Beute als die gestrige mit. Dann spendeten sie dem Dionysos aus dem Mischkrug und aßen, mit Efeukränzen um das Haupt. Und als es Zeit war und nachdem sie mit Jubelruf den Iakchos gefeiert hatten, entließen sie den Daphnis, dem sie die Hirtentasche mit Fleisch und Brot reichlich gefüllt hatten. Auch gaben sie ihm die Waldtauben und die Drosseln, um sie dem Lamon und der Myrtale mitzubringen, weil sie andere zu fangen hofften, so lange der

Winter dauerte und es nicht an Efeu fehlte. Er nahm nun Abschied und küßte sie, die Alten aber früher als Chloë, um ihren Kuß unvermischt zu bewahren. Und nun kam er noch vielmal unter andern Vorwänden, so daß auch der Winter ihnen nicht ganz ohne Liebeslust schnell verging.

Als nun aber der Lenz begann und der Schnee zerfloß und die Erde ihre Hülle abwarf und das Gras sproß, da führten die andern Hirten die Herden auf die Weide, und vor den andern Chloë und Daphnis, als Sklaven eines mächtigen Hirten. Sogleich ging jetzt ihr Lauf zu den Nymphen und in die Grotte; von da zum Pan und zu der Pinie; dann zu der Eiche, unter die sie sich setzten und die Herden weideten und sich küßten. Auch Blumen suchten sie, um die Götter zu kränzen; und eben erst lockte diese der nährende Zephyr und die wärmende Sonne hervor; doch fanden sie Veilchen und Narzissen und Anagallis und andere Erstlinge der Frühlingszeit. Auch hatten sie schon von einigen Schafen und von den Ziegen frische Milch, und von dieser gossen sie Trankopfer aus, indem sie die Bilder kränzten. Auch weihten sie die Syrinx wieder ein, gleichsam um die Nachtigallen zum Gesang zu reizen; und diese antworteten aus den Sträuchern und übten allmählich ihre Klage um Itys ein, als erinnerten sie sich des Gesangs nach langem Schweigen wieder.

Es blökte jetzt die Herde; es hüpften jetzt die Lämmer, und unter die Mutter sich beugend sogen sie an ihren Eutern; die Widder aber verfolgten die, so noch nicht geworfen hatten, stellten sie unter sich und besprangen sie, einer diese, ein anderer jene. So trieben es auch die Böcke und verfolgten die Ziegen mit brünstigen Sprüngen und kämpften um sie untereinander, und jeder hatte die seinigen und hütete sie, damit kein anderer mit ihnen heimlich buhle. Auch Greise hätte wohl ein Anblick solcher Art zur Liebeslust gereizt. Sie aber, jung und in lebendiger Fülle und schon seit langer Zeit die Liebe suchend, erglühten bei dem, was sie hörten, und schmolzen dahin bei dem, was sie sahen, und strebten ebenfalls nach etwas mehr als nach Umarmung und Kuß; am meisten Daphnis. Denn als ob er während des Winters durch die Einsamkeit und Muße gereift wäre, strebte er jetzt heftiger nach dem Küssen und schmachtete nach den Umarmungen und war zu jedem Werk unternehmender und kühner.

Jetzt bat er Chloë, ihm alles zu gewähren, was er wünsche, und entkleidet sich zu ihm zu legen und auf längere Zeit, als sie vorher getan – denn nur dieses eine noch fehle an Philetas Unterricht – als das einzige Mittel, die Liebe zu stillen: und als sie fragte, was es denn weiter gebe als Kuß und Umarmung und das Liegen selbst, und was er zu tun gedenke, wenn er entkleidet bei ihr liege?, antwortete er: »Das, was die Widder den Schafen tun und die Böcke den Ziegen! Siehst du nicht, wie nach jenem Werke die einen nicht mehr fliehen, die andern sich nicht mehr im Verfolgen abmühn, sondern wie im Genuß gemeinsamer Lust von nun an nebeneinander weiden? Süß ist also, wie es scheint, jenes Werk und siegt über das Bittre der Liebe ob.«

»Siehst du aber nicht, Daphnis, daß die Ziegen und die Böcke, die Schafe und die Widder aufrecht dabei stehen; die einen aufspringen, die andern den Rücken bieten? Und du verlangst, daß ich neben dir liegen soll, und zwar entkleidet! Wieviel umhüllter sind jene doch als ich in der Kleidung!«

Daphnis gab ihr nach und legte sich zu ihr nieder und lag so lange Zeit, und da er das, wonach er trachtete, nicht zu vollbringen wußte, richtete er sie auf und schmiegte sich an ihren Rücken, nach der Weise der Böcke. Endlich, da er so noch weit weniger Befriedigung fand, setzte er sich nieder und weinte, daß er unwissender sei als die Widder in den Werken der Liebe.

Nun lebte dort ein Nachbar, ein Landmann, auf einem

eignen Grundstück, Chromis mit Namen, der über die Jahre der Jugend hinaus war. Mit diesem lebte ein Weib, das er aus der Stadt zu sich genommen hatte, jung und blühend und zu zart für das Land. Sie hieß Lycänion. Da nun diese Lycänion den Daphnis Tag für Tag die Ziegen vorbeitreiben sah, früh nach der Weide hin, abends von der Weide weg, bekam sie Lust, ihn durch Geschenke an sich zu locken und zu ihrem Liebhaber zu machen. Sie lauerte ihm also einstmals auf, da er allein war, und gab ihm eine Syrinx zum Geschenk und Honig in Scheiben und eine Tasche von Hirschfell; zu sprechen aber scheute sie sich, weil sie Chloës Liebe ahnte; denn sie sah, daß er sehr mit dem Mädchen beschäftigt war. Dies mutmaßte sie zuerst aus Winken und ihrem Lachen; dann aber schlich sie einstmals, unter dem Vorwand, zu einer kreißenden Nachbarin zu gehen, früh am Morgen ihnen nach, und in einem Gebüsch versteckt, um nicht gesehen zu werden, hörte sie alles, was sie sprachen, und sah alles, was sie taten; und auch daß Daphnis weinte, blieb ihr nicht unbemerkt. Da sie nun Mitleid mit dem Armen hatte und sich hier die Gelegenheit darbot, jenem zu helfen und ihr eigenes Verlangen zu befriedigen, ersann sie folgende List.

Am folgenden Tage, als sie unter dem Vorwand, jene Wöchnerin zu besuchen, von Hause weggegangen war, begab sie sich unverhohlen nach der Eiche, wo Daphnis mit Chloë saß, und indem sie recht täuschend die Bestürzte spielte, sagte sie:

»Hilf mir, Daphnis, hilf mir Unglücklichen. Soeben hat mir von meinen zwanzig Gänsen ein Adler die schönste geraubt; doch hat er sich mit der großen Last nicht zu dem hohen Felsen seiner Wohnung erheben können, sondern ist mit ihr dort in das niedrige Gesträuch herabgefallen. Komm also, um der Nymphen und um des Pans dort willen, mit mir in das Gehölz – denn allein fürchte ich mich – und rette mir die Gans und laß mir die Zahl nicht unvollständig werden. Vielleicht wirst du auch den Adler selbst erlegen, und er wird euch dann nicht mehr die vielen Lämmer und Böckchen rauben. Die Herde wird unterdessen Chloë hüten. Sie ist ja den Ziegen bekannt genug, da sie immer an deiner Seite hütet.«

Ohne Ahnung dessen, was ihn erwartete, stand Daphnis unverzüglich auf, nahm den Hirtenstab und folgte der Lycänion nach. Diese führte ihn weit von Chloë weg, und nachdem sie in das dichteste Gebüsch gekommen waren, ließ sie ihn an einer Quelle niedersitzen und sagte:

»Du liebst Chloë, Daphnis; dies hab' ich nachts von den Nymphen erfahren. Im Traum haben sie mir deine gestrigen Tränen erzählt und mir geboten, dir beizustehen und dich die Werke der Liebe zu lehren. Das sind nicht Küsse und Umarmungen und was Widder und Böcke tun; andere Freuden sind es, süßer als jene; denn sie gewähren einen längeren Genuß. Wünschest du also deiner Not los zu sein und die gesuchten Freuden zu erproben, so komm und ergib dich mir als einen ergötzlichen Schüler. Ich aber will dich unterweisen, um den Nymphen gefällig zu sein.«

Daphnis wußte sich jetzt vor Freude nicht zu lassen, sondern unwissend und ein Ziegenhirt, verliebt und jung, fiel er ihr zu Füßen und beschwor sie, ihn auf das schleunigste die Kunst zu lehren, durch die er bei Chloë zu seinen Wünschen gelangen könnte; und nicht anders, als ob er etwas gar Großes und recht eigentlich Gottgesandtes lernen sollte, versprach er ihr ein säugendes Böckchen zu geben und zarten Käse von der fettesten Milch und die Ziege selbst. Da nun Lycänion hier eine so hirtliche Bereitwilligkeit fand, als sie nicht erwartet hatte, fing sie ihren Unterricht auf folgende Weise an. Sie hieß ihn sich sogleich nah zu ihr zu setzen und ihr Küsse zu geben, wie er zu tun pflege und so viele er wolle und sie beim Küssen zu umarmen und sich auf die Erde zu legen. Als er sich nun gesetzt und geküßt und sich niedergelegt hatte und sie wahrnahm, daß er zur Tat gerüstet war, richtete sie ihn von seiner Lage auf der Seite auf, schob sich ihm selbst mit Geschick unter und brachte ihn auf den bisher gesuchten Pfad; weiter aber hatte sie nicht nötig, etwas Besonderes zu tun; denn die Natur selbst übernahm den übrigen Unterricht.

Nach Vollendung dieser erotischen Schule wollte Daphnis, noch immer in seinem kindischen Sinn, sogleich zu Chloë laufen, um, was er gelernt hatte, auf der Stelle zu tun, als wär' ihm bange, es zu vergessen, wenn er zögerte; Lycänion aber hielt ihn zurück und sagte:

»Auch das mußt du lernen, Daphnis. Ich habe jetzt keinen Schmerz gehabt, weil ich Frau bin; denn längst hat mir ein anderer Mann diesen Unterricht gegeben und die Jungfrauschaft zum Lohne erhalten. Wenn aber Chloë diesen Kampf mit dir kämpft, wird sie jammern und weinen und wie ermordet im Blut schwimmen. Scheue du indes das Blut nicht; sondern wenn du sie beredet hast, dir zu willfahren, so führe sie an diesen Platz; damit, wenn sie schreit, niemand es höre; und wenn sie weint, niemand es sehe; und wenn sie blutet, sie in der Quelle sich bade. Vergiß endlich auch nicht, daß ich dich vor Chloë zum Mann gemacht habe.«

Nach diesem Rat ging Lycänion nach einer anderen Seite des Waldes ab, als suche sie noch die Gans; Daphnis aber überdachte noch einmal, was sie gesagt hatte, und da schwand sein früheres Ungestüm, und er trug Bedenken, mehr als Küsse und Umarmung von Chloë zu fordern; denn sie sollte seinetwegen weder schreien, wie über einen Feind, noch weinen vor Schmerz, noch wie verwundet bluten; denn als ein Neuling fürchtete er das Blut, weil er meinte, daß Blut nur aus Wunden käme. Entschlossen also, sich mit ihr nach gewohnter Weise zu freuen, verließ er den Wald und kehrte dahin zurück, wo sie saß und einen Kranz von

Veilchen flocht. Hier gab er vor, die Gans den Klauen des Adlers entrissen zu haben, umarmte sie dann und küßte sie, wie er mit Lycänion im Genusse getan hatte; denn das gestattete er sich als gefahrlos. Sie aber schlang den Kranz um sein Haupt und küßte seine Locken, die ihr schöner dünkten als die Veilchen. Dann zog sie aus ihrer Hirtentasche ein Stück von einem Feigenkuchen und einige Brote und gab sie ihm zu essen, und indem er aß, nahm sie ihm die Bissen vom Mund weg und aß auf diese Weise wie der Nestling eines Vogels.

Während sie nun so aßen und mehr noch küßten als aßen, zeigte sich ihren Blicken eine vorüberfahrende Barke von Fischern. Kein Wind wehte; das Meer lag ruhig; sie mußten rudern. Und kräftig ruderten sie; denn sie eilten, neugefangene Fische wohlbehalten einem der Reichen in der Stadt zu bringen. Wie nun Schiffer zu tun pflegen, um die Mühe der Arbeit zu vergessen, das taten diese auch beim Rudern; denn einer von ihnen stimmte als Vorsänger Schifferlieder an, und die übrigen fielen wie ein Chor von Zeit zu Zeit mit ihren Stimmen ein. So lange sie dies nun auf offenem Meere taten, verloren sich die Töne, weil die Stimme in der weiten Luft zerfloß; wenn sie aber an ein Vorgebirge kamen und in eine hohle, mondförmige Bucht fuhren, da schallte die Stimme lauter, und die ermunternden Gesänge tönten vernehmlich in das Land hinein. Denn ein hohler Talgrund, der an die Ebene stieß und wie eine Flöte den Schall in sich aufnahm, gab jeden Laut mit nachahmendem Ton zurück, ebenso das Rauschen der Ruder, wie die Stimme der Schiffer. Es war ergötzlich zu hören. Denn wie die Stimme vom Meere her voraneilte, so endete die Stimme vom Land in demselben Verhältnis, in welchem jene begonnen hatte.

Daphnis, welcher diese Erscheinung kannte, achtete nur auf das Meer und erfreute sich an dem Schiff, das längs der

Ebene hin schneller als ein Vogel vorüberschwebte, und suchte sich etwas von den Weisen der Lieder zu merken, um es auf der Syrinx nachzuahmen. Chloë aber, die damals zuerst das sogenannte Echo hörte, schaute bald nach dem Meer und den taktschlagenden Schiffern hin; bald kehrte sie sich nach dem Wald und suchte die Antwortenden. Und als jene vorüber waren und es auch in dem Talgrund still war, fragte sie den Daphnis, ob denn auch hinter dem Vorgebirge ein Meer läge, und ein anderes Schiff vorüberführe und andere Schiffer dasselbe sängen und alle zugleich verstummten. Da lächelte Daphnis gar anmutig und gab ihr einen noch anmutigeren Kuß, und nachdem er ihr den Veilchenkranz aufgesetzt hatte, begann er das Märchen von der Echo zu erzählen, indem er sich dafür zehn andre Küsse zur Belohnung bedang:

»Das Geschlecht der Nymphen, o Mädchen, ist groß: da sind Melische, Dryaden und Heleïsche, alle schön, alle voll Liebe zur Musik. Tochter einer dieser Nymphen war Echo; sterblich zwar, denn ihr Vater war sterblich; aber schön, so wie ihre Mutter schön war. Sie ward erzogen von den Nymphen, von den Musen unterwiesen im Flötenspiel und auf der Syrinx, auch zur Leier zu singen und zur Zither, jede Art des Gesangs; so daß sie auch in der Blüte jungfräulichen Alters mit den Nymphen tanzte und mit den Musen sang; die Männer aber floh sie insgesamt, so Götter als Menschen, ihren Stand als Jungfrau liebend. Pan aber zürnte dem Mädchen, weil er ihr den Gesang neidete und nicht zum Genuß ihrer Reize gelangt war, und erfüllte die Schäfer und Ziegenhirten mit Wahnsinn. Diese zerrissen sie, wie Hunde oder Wölfe, und zerstreuten die noch singenden Glieder über die ganze Erde. Und die Erde bedeckte den Nymphen zuliebe sämtliche Glieder; und sie bewahrt die Tonkunst und sendet, nach dem Willen der Musen, Stimmen aus und ahmt alles nach, wie vormals die Jungfrau: Götter, Menschen,

Toninstrumente und Tiere; auch selbst den flötenden Pan ahmt sie nach. Und er, wenn er die Stimme vernimmt, springt auf und jagt ihr auf den Bergen nach, nicht um sie zu fangen, sondern um zu erfahren, wer der verborgene Lehrling sei.«

Nachdem Daphnis dieses erzählt hatte, gab ihm Chloë nicht bloß zehn, sondern unzählige Küsse; denn fast dasselbe sagte auch Echo, nicht anders, als ob sie bezeugen wollte, daß er nicht unwahr rede.

Da nun die Sonne mit jedem Tag wärmer schien (denn der Frühling ging zu Ende und der Sommer begann), da kamen auch wieder für sie neue und sommerliche Freuden. Er schwamm in den Flüssen; sie badete in den Quellen; er flötete wetteifernd mit Pinien; sie aber sang um die Wette mit den Nachtigallen. Sie jagten auch geschwätzigen Grillen nach und fingen schwirrende Zikaden, sammelten Blumen, schüttelten Bäume, aßen die Früchte. Auch legten sie sich wohl entkleidet zusammen nieder und zogen ein Ziegenfell zur Decke über sich. Und leicht wäre jetzt Chloë zur Frau geworden, hätte nicht das Blut den Daphnis geschreckt; ja, aus Besorgnis, sein Vorsatz möchte unterliegen, hinderte er Chloë häufig, sich zu entblößen; so daß sich Chloë wunderte, nach der Ursache aber aus Scheu nicht fragen wollte.

In diesem Sommer warb auch eine Schar von Freiern um Chloë, und viele von vielen Seiten her kamen zum Dryas und verlangten sie zur Ehe. Einige brachten ein Geschenk, andere machten große Versprechungen. Nape nun, von Hoffnungen gereizt, riet sehr dazu, Chloë wegzugeben und ein so großes Mädchen nicht länger im Hause zu behalten, das vielleicht nach kurzer Frist auf der Weide um ihre Keuschheit käme und einen der Hirten für Äpfel und Rosen zum Manne machte; sondern sie zur gebietenden Hausfrau zu machen, selbst aber die gebotenen Geschenke zu nehmen und sie für ihren eigenen echten Sohn, den sie vor nicht langer Zeit bekommen hatte, aufzuheben. Bisweilen machten nun wohl diese Reden Eindruck; denn jeder Freier bot größere Gaben, als für ein Hirtenmädchen zu erwarten war: zu andern Zeiten aber, wenn er bedachte, daß das Mädchen für einen Bauern zu gut sei, und daß, wenn sie einst ihre wirklichen Eltern fände, sie ihn reich und glücklich machen würde, schob er die Entscheidung auf und setzte eine Frist nach der andern und gewann in der Zwischenzeit nicht wenige Geschenke. Als Chloë dies erfuhr, war sie sehr betrübt, ließ aber den Daphnis lange Zeit nichts davon merken, weil sie ihn nicht auch betrüben wollte; da er sie aber inständig bat und mit Fragen in sie drang und sich noch mehr, weil er es nicht erfuhr, betrübte als sonst, erzählte sie ihm alles – die Freier, wieviel ihrer und wie reich sie wären; was Nape gesagt habe, um die Heirat zu betreiben; und wie Dryas es nicht gerade abgesagt, aber die Entscheidung auf die Weinlese ausgesetzt habe.

Hierüber kam Daphnis fast von Sinnen, setzte sich nieder und weinte und sagte, er werde sterben, wenn Chloë nicht mehr auf die Weide käme; und nicht er allein, sondern auch die Schafe, wenn sie einen andern Hirten bekämen. Dann ermannte er sich wieder und schöpfte Mut und gedachte den Vater für sich zu gewinnen und sich auch unter die Freier zu stellen, und hoffte dann über die andern obzusiegen. Nur eines beunruhigte ihn: Lamon war nicht reich; dies allein schwächte seine Hoffnung. Dennoch beschloß er zu werben, und auch Chloë fand dies gut. Mit Lamon nun wagte er zwar nicht zu sprechen; der Myrtale aber entdeckte er seine Liebe ohne Furcht und sprach vom Heiraten mit ihr; sie aber teilte es dem Lamon mit. Dieser nahm jedoch den Antrag mit großem Unwillen auf und schalt seine Frau, daß sie den Knaben an ein Hirtenmädchen verkupple, dem ja den Erkennungszeichen nach ein großes Los beschieden sei, so daß er sie, wenn er die Seinigen fände, wohl frei und sie zu Herren größerer Güter machen würde; daher denn Myrtale, um dem Daphnis nicht alle Hoffnung zu rauben, da sie fürchtete, daß er bei seiner Liebe einen verzweifelten Entschluß fassen möchte, ihm andere Gründe von Lamons Weigerung angab:

»Wir sind arm, mein Sohn, und brauchen eine Schwiegertochter, die etwas mehr mitbringt; jene Leute sind reich und wollen reiche Freier. Geh also und suche Chloë zu bewegen, daß sie ihrem Vater zurede, keine große Forderung zu machen und euch zu verheiraten. Denn sie liebt dich ganz gewiß und will lieber bei einem schönen armen Manne als bei einem reichen Affen schlafen.«

Myrtale, die durchaus nicht glaubte, daß Dryas bei der Wahl, die er unter reichen Freiern hatte, seine Einwilligung geben würde, hoffte auf diese Weise der Sache schicklich abgeholfen zu haben. Daphnis konnte auch, was sie sagte, nicht tadeln; da er sich aber so weit von seinem Ziel entfernt sah, tat er, was arme Liebhaber gewöhnlich tun: er weinte und rief von neuem den Beistand der Nymphen an. Diese traten in der Nacht, als er schlief, zu ihm in derselben Gestalt, wie auch das vorige Mal. Und wiederum sprach die älteste:

»Für Chloës Ehe sorgt ein anderer Gott; wir aber wollen dir Geschenke geben, die den Dryas erweichen können. Das Schiff der methymnäischen Jünglinge, an dem deine Ziegen einst den Weidenschoß abgenagt haben, wurde zwar an jenem Tag weit vom Land entfernt; in der Nacht aber, wo das Meer von einem starken Wind beunruhigt wurde, ist es an die Klippen des Vorgebirges geworfen worden. Das Schiff selbst und vieles, was darin war, ist zugrunde gegangen; aber einen Beutel mit dreitausend Drachmen haben die Wellen ausgespien, und dieser liegt, von Meertang bedeckt, nah bei einem toten Delphin, weshalb ihm auch bisher kein Wanderer genaht hat, da jedermann dem schlimmen Geruch der

Fäulnis ausweicht. Du aber tritt hinzu, und bist du hinzugetreten, so heb auf, was du findest, und gib, was du aufgenommen hast. Dies ist genug, um jetzt nicht für arm zu gelten; mit der Zeit wirst du auch reich sein.«

So sprachen die Nymphen und entschwanden mit der Nacht. Als aber der Tag angebrochen war, sprang Daphnis freudig auf und trieb mit großer Hast die Ziegen auf die Weide, und nachdem er Chloë geküßt und zu den Nymphen gebetet hatte, ging er zum Meer hinab, als ob er sich abspülen wollte, und hier wanderte er in der Nähe der Brandung auf dem Sand fort und suchte das Geld. Dazu aber bedurfte es nicht vieler Mühe; denn der schlimme Geruch des Delphins, der hier am Ufer lag und faulte, wehte ihn an; und hierdurch geleitet ging er gerade darauf los, entfernte das Meergras und fand den Beutel voll Geld. Diesen hob er auf und schob ihn in seine Hirtentasche; ging aber nicht eher von dannen, bis er die Nymphen und selbst das Meer mit lauter Stimme gepriesen hatte. Denn obgleich ein Ziegenhirt, war ihm doch jetzt das Meer lieber als das Land, weil es ihm zu der Ehe mit Chloë Hilfe bot.

So wie er nun die dreitausend Drachmen hatte, zauderte er nicht, sondern als der reichste nicht bloß von den dortigen Landleuten, sondern von allen Menschen (wie er meinte), eilt er zu Chloë hin, erzählt ihr seinen Traum, zeigt ihr den Beutel, empfiehlt ihr die Obhut der Herde bis zu seiner Rückkehr und begibt sich stracks zum Dryas, und da er diesen mit Nape auf der Tenne Früchte dreschend fand, trug er ihm ganz dreist sein Verlangen vor.

»Mir gib Chloë zum Weibe. Ich weiß gut auf der Syrinx zu spielen und die Reben zu schneiden und Bäume zu setzen. Auch pflügen kann ich und weiß gegen den Wind zu worfeln. Wie ich die Herde weide, bezeugt mir Chloë. Fünfzig Ziegen hab' ich übernommen, und jetzt sind ihrer doppelt so viel. Auch große und schöne Böcke hab' ich gezogen;

und vormals legten wir fremden Böcken die Ziegen unter. Überdies bin ich jung und ein tadelloser Nachbar für euch, und eine Ziege hat mich genährt, wie Chloë ein Schaf. Wie ich nun schon so den Vorzug vor andern habe, so werd' ich an Gaben nicht nachstehen. Die andern wollen dir Ziegen und Schafe geben und ein Joch räudiger Ochsen und Korn, womit man nicht einmal die Hühner füttern kann; von mir aber erhältst du hier dreitausend Silberstücke. Nur laß es niemanden wissen, auch meinen Vater Lamon nicht.« Und zugleich gab er ihm den Beutel und umarmte und küßte ihn.

Wie sie nun gegen Erwarten so vieles Geld erblickten, sagten sie ihm Chloë auf der Stelle zu und versprachen auch den Lamon zu bereden. Nape blieb also mit Daphnis dort zurück und trieb die Ochsen um die Tenne und drückte mit dem Dreschbrett die Ähren aus; Dryas aber verwahrte den Beutel, wo die Erkennungszeichen lagen, und begab sich sofort zum Lamon und der Myrtale, um bei ihnen – eine ganz neue Sache! – um den Bräutigam zu freien. Da er sie nun beschäftigt fand, Gerste zu messen, die sie vor kurzem geworfelt hatten, aber mißmutig, weil es fast weniger war als die Aussaat, tröstete er sie damit, daß dieses überall die gemeine Klage sei, und hielt dann für Chloë um den Daphnis an, indem er hinzusetzte: ob ihm gleich andere viele Geschenke gäben, werde er doch von ihnen nichts nehmen, sondern ihnen vielmehr von seinem eigenen noch hinzugeben; denn beide wären ja miteinander auferzogen und durch das gemeinsame Geschäft zu einer Freundschaft verbunden, die sich nicht leicht würde trennen lassen, auch wären sie jetzt alt genug, um zusammen zu schlafen.

Dies sagte er und noch manches andere; denn die dreitausend Drachmen waren der Preis seiner Beredsamkeit. Lamon aber, der die Armut nicht mehr vorschützen konnte – denn jene verachteten sie ja nicht – und auch Daphnis' Jugend nicht, denn er war zum Jüngling gereift –, sprach doch seine wahre Gesinnung nicht aus, daß für eine solche Ehe Daphnis zu gut wäre; und nach kurzem Schweigen antwortete er folgendermaßen:

»Ihr tut schon recht, daß ihr die Nachbarn fremden Leuten vorzieht und den Reichtum nicht höher schätzt als eine rechtschaffene Armut. Dafür mögen euch Pan und die Nymphen Liebe beweisen! Auch ich selbst wünsche diese Ehe. Denn ich müßte nicht klug sein, wenn ich in meinen Jahren und da ich mehrere Hände zur Arbeit brauche, nicht die Freundschaft eures Hauses als ein großes Gut annehmen sollte. Auch ist Chloë recht der Mühe wert – ein schönes angenehmes Mädchen, und tüchtig zu allem! Aber ich bin ein Knecht, und keiner Sache Herr; daher ich es meinem Herrn zu wissen tun muß, ob er es zugibt. Wohlan denn! Laß uns die Hochzeit bis zum Herbst verschieben. Denn dann soll er, wie die Leute von dorther sagen, zu uns aus der Stadt kommen. Dann können sie Mann und Frau werden; jetzt aber mögen sie sich noch als Geschwister lieben. Nur wisse, Dryas, noch so viel: du wirbst um einen Jüngling, der mehr ist als wir.«

Nach diesen Worten küßte er ihn und reichte ihm zu trinken – denn schon stand die Sonne im Mittag – und gab ihm endlich mit vieler Freundlichkeit eine Strecke Wegs das Geleit.

Dryas hatte Lamons letzte Worte nicht überhört und sann im Gehen bei sich nach, wer Daphnis sei.

»Er wurde von einer Ziege gesäugt wie ein Schützling der Götter: Er ist schön und gleicht im geringsten nicht dem plattnasigen Alten und seinem kahlköpfigen Weib. Er hatte auch dreitausend Silberstücke, mehr als ein Ziegenhirt Birnen hat. Hat ihn vielleicht auch jemand ausgesetzt, wie Chloë? Hat auch ihn vielleicht Lamon gefunden, wie ich sie? Haben vielleicht auch Erkennungszeichen bei ihm gelegen, wie die, welche ich gefunden habe? Möchte doch das sein, o Herrscher Pan, und ihr, geliebte Nymphen! Vielleicht wird er, wenn er die Seinigen aufgefunden hat, etwas von Chloës Geheimnissen auffinden.«

So dachte er bei sich und träumte bis zu der Tenne hin. Hier fand er den Daphnis in großer Erwartung dessen, was er hören würde, und belebte seinen Mut, indem er ihn als Eidam begrüßte und im Herbst die Hochzeit auszurichten versprach; auch gab er ihm die Hand darauf, daß Chloë keinem andern als dem Daphnis angehören solle.

Schneller nun als ein Gedanke und ohne getrunken, ohne gegessen zu haben, lief er zu Chloë; und wie er sie beim Melken und Käsemachen fand, rief er ihr die frohe Botschaft von der Hochzeit zu und küßte sie von nun an unverhohlen und nahm an ihrer Arbeit teil. Er molk die Milch in die Eimer, formte die Käse auf der Darre, legte Lämmer und Zicklein an die Mütter; und da dies in Ordnung war, wuschen sie sich ab, aßen, tranken und gingen herum, reifes Obst zu suchen. Von diesem war auch großer Überfluß bei der Fruchtbarkeit der Jahreszeit; viele wilde, viele Gartenbirnen, viele Äpfel; einige schon zur Erde gefallen, andere noch an den Bäumen. Die auf der Erde dufteten besser; die an den Zweigen strahlten blühender; die einen rochen wie Wein, die andern leuchteten wie Gold. Ein Apfelbaum war abgelesen und hatte weder Frucht noch Blatt; alle Zweige waren kahl. Nur ein Apfel, der höchste von allen, hing in dem hohen Wipfel, groß und schön, und übertraf allein die Menge der andern an Wohlgeruch. Der Gärtner hatte beim Ablesen nicht gewagt hinaufzusteigen und verabsäumt ihn abzunehmen; vielleicht auch bewahrte er die schöne Frucht für einen liebenden Hirten auf.

Als Daphnis diesen Apfel erblickte, machte er Anstalt hinaufzusteigen und ihn zu brechen und achtete Chloës Abwehren nicht. Sie ging eilfertig zu der Herde; Daphnis aber stieg behende hinauf, brach glücklich die Frucht, brachte sie der schmollenden Chloë zum Geschenk und begleitete es mit diesen Worten:

»Diesen Apfel, Mädchen, haben die schönen Horen erzeugt, ein schöner Baum hat ihn ernährt, die Sonne hat ihn gereift und das Glück ihn aufbewahrt. Ich konnte ihn nicht dort lassen, da ich Augen hatte. Er wäre zur Erde gefallen, und ein Schaf hätte ihn beim Weiden zertreten oder ein kriechender Wurm ihn vergiftet oder die Zeit ihn verzehrt, den daliegenden, den beschauten, den gepriesenen! Einen Apfel empfing Aphrodite als Preis der Schönheit; einen Apfel geb' ich dir als Siegeslohn. Auch wir, der Schönheit Zeugen, stehen einander gleich; jener hütete Schafe, die Ziegen ich.«

Mit diesen Worten legte er ihr den Apfel in den Busen, und als er ihr nahte, küßte sie ihn. Darum reute ihn auch die Kühnheit nicht, in den hohen Wipfel gestiegen zu sein; denn er empfing, was besser war, als selbst ein goldener Apfel, einen Kuß.

VIERTES BUCH

Ein Mitsklave Lamons war jetzt aus Mytilene gekommen und brachte die Nachricht, der Herr werde kurz vor der Weinlese eintreffen, um sich selbst zu unterrichten, ob seine Besitzungen durch den Überfall der Methymnäer gelitten hätten. Da nun der Sommer Abschied nahm und der Herbst nahte, bereitete ihm Lamon einen Aufenthalt voll jeder Augenlust. Er reinigte die Bäche, damit das Wasser darin recht hell wäre, und führte den Dünger vom Hof weg, damit sein Geruch niemand belästige, und pflegte den Lustgarten, damit er schön in die Augen fiele.

Dieser Lustgarten war eine gar schöne, den königlichen Gärten ähnliche Anlage. Er dehnte sich in der Länge bis zu einem Stadium aus, lag in einer hohen Gegend und hielt in der Breite vier Plethren. Man hätte ihn für eine weite Aue halten können. Alle Arten von Bäumen wuchsen darin, Äpfel-, Myrten-, Birnen-, auch Granaten- und Feigen- und Olivenbäume; auf der andern Seite hohe Weinstöcke, die sich mit reifenden Trauben an die Äpfel- und Birnbäume anschmiegten, gleich als wollten sie in der Frucht mit ihnen wetteifern. Dies waren die kultivierten Bäume. Aber auch Zypressen waren da und Lorbeeren und Platanen und Pinien. Um diese alle schlang sich statt des Weines Efeu, und die Dolden von diesen, die groß und schwarz waren, ahmten die Trauben nach. Im inneren Bezirk standen die fruchttragenden Bäume, gleichsam umschirmt: Von außen standen die unfruchtbaren, wie eine Befriedung von Menschenhand; und um dieses lief wieder die Umgebung eines schmalen Mauerwerks. Alles war durchschnitten und gesondert, und ein Stamm stand von dem andern gehörig ab. In der Höhe aber stießen die Zweige zusammen und tauschten gegenseitig ihr Haar; aber auch ihre Natur schien Kunst. Es waren auch Beete von Blumen da, deren einige die Erde erzeugte, andere die Kunst bildete; Rosenhecken und Hyazinthen und Lilien waren durch Kunst gezogen; Veilchen, Narzissen und Anagallis trug die Erde. Schatten war hier im Sommer, Blumen im Frühling, Früchte im Herbst, und in jeder Jahreszeit üppige Fülle.

Von hier hatte man die freie Aussicht auf die Ebene, und man konnte die Weidenden sehen; man hatte die Aussicht auf das Meer und sah die Vorbeisegelnden; so daß auch dies ein Teil der Üppigkeit dieses Paradieses war. Da, wo nach Länge und Breite seine Mitte war, stand ein Tempel und Altar des Dionysos; den Altar umschlang Efeu, den Tempel Reben. Es enthielt aber auch das Innere des Tempels bacchische Gemälde; die gebärende Semele, die schlummernde Ariadne, den gebundenen Lykurgos, den zerrissenen Pentheus. Auch die besiegten Inder waren hier und die verwandelten Tyrrhener; überall kelternde Satyrn, überall tanzende Bacchantinnen. Auch Pan war nicht vergessen. Auf der Syrinx spielend saß dieser auf einem Felsen, gleich als stimmte er ein gemeinsames Lied den Kelternden und den Tanzenden an.

Diesen schönen Lustgarten pflegte Lamon, indem er die dürren Äste ausschnitt und die Reben aufband. Den Dionysos kränzte er; den Blumen führte er Wasser zu. Denn eine Quelle war hier, die Daphnis für die Blumen aufgefunden hatte. Nur für die Blumen floß die Quelle; doch wurde sie Quelle des Daphnis genannt. Aber auch den Daphnis ermahnte Lamon, die Ziegen so gut als möglich zu ernähren; denn auch diese würde der Herr in Augenschein nehmen, wenn er nach so langer Zeit hierherkäme. Daphnis war dabei ganz getrost und erwartete Lob dafür; denn seitdem er sie unter Aufsicht hatte, hatte er ihre Zahl verdoppelt, und der

Wolf hatte auch nicht eine geraubt, und sie waren fetter als die Schafe; um den Herrn aber seiner Heirat recht geneigt zu machen, widmete er ihnen alle Sorgfalt mit großem Eifer, indem er sie sehr früh austrieb und spät am Abend nach Hause führte. Zweimal führte er sie zur Tränke und suchte die ergiebigsten Weideplätze auf. Er sorgte für neue Krippen und viele Eimer und größere Darren. Ja, so weit ging seine Sorgfalt, daß er ihnen die Hörner salbte und die Haare kämmte. Man hätte gemeint, eine heilige Herde des Pan zu sehen. An allen diesen Bemühungen nahm auch Chloë teil; ja, sie vernachlässigte fast ihre eigene Herde und machte sich mehr mit den Ziegen zu tun; daher denn Daphnis meinte, sie zeigten sich durch sie so schön.

Während dieser Beschäftigung kam ein zweiter Bote aus der Stadt und brachte den Befehl, die Weinlese auf das schleunigste zu halten; er selbst wolle bleiben, sagte er, bis sie den Most aus den Trauben gekeltert hätten, und dann nach der Stadt zurückkehren, um seinen Herrn abzuholen, wenn die Lese vollendet sei. Diesen Boten nun, den Eudromos – denn so hieß er, weil sein Geschäft im Laufen bestand –, nahmen sie mit größter Freundlichkeit auf und leerten die Weinstöcke ab, trugen die Trauben in die Kelter und den Most in die Fässer; die vollsten Trauben aber nahmen sie samt den Reben ab, damit auch die Städter bei ihrer Ankunft ein Bild der Weinlese und Freude davon hätten.

Als nun Eudromos schon im Begriff war, nach der Stadt zurückzukehren, gab ihm Daphnis, außer andern nicht wenigen Gaben, alles, was nur ein Ziegenhirt schenken kann, gut gepreßten Käse, ein spätgeworfenes Zicklein und ein weißes zottiges Ziegenfell, um es im Winter beim Laufen umzunehmen. Jener freute sich und küßte den Daphnis und versprach ihm, seinem Herrn viel Gutes von ihm zu sagen, und trennte sich so von ihnen mit freundlicher Gesinnung. Daphnis aber hütete mit Chloë voll Bangigkeit. Auch sie war voll Bangigkeit. Denn er, ein Knabe, bisher nur gewohnt, Ziegen zu sehen und Schafe und Landleute und Chloë, sollte jetzt zum erstenmal einem Herrn unter die Augen treten, den er bisher nur hatte nennen hören. Sie war also seinetwegen voll Sorgen, wie er sich gegen den Herrn benehmen würde; auch ihrer Heirat wegen war sie voll von Unruhe, sie möchte vielleicht nur ein eitler Traum gewesen sein. Ununterbrochen waren daher ihre Küsse und ihre Umarmungen, als ob sie miteinander verwachsen wären; aber mit ihren Küssen war Furcht gemischt, und trübe waren ihre Umarmungen, als ob sie schon das Auge des Herrn fürchteten oder sich verbergen müßten. Nun kam aber auch noch folgender Schrecken hinzu.

Es wohnte dort ein gewisser Lampis, ein frecher Rinderhirt. Dieser hatte auch beim Dryas um Chloë gefreit und hatte ihm viele Geschenke gegeben, um ihn für seinen Wunsch zu gewinnen. Da er nun merkte, daß, wenn der Herr einwilligte, Daphnis sie heimführen würde, sann er auf eine List, den Herrn gegen sie aufzubringen; und weil er wußte, wieviel Freude er an dem Lustgarten hatte, beschloß er, diesen, so weit er könnte, zu verheeren und zu verunstalten. Wenn er nun die Bäume niederhieb, so war er in Gefahr, bei dem Geräusch darüber ertappt zu werden; er hielt sich also an die Blumen, die er leicht verwüsten konnte; erwartete die Nacht, und nachdem er über die Mauer gestiegen war, riß er einige aus, brach andere ab, noch andere zertrat er, wie ein Schwein getan hätte. Dann entfernte er sich unbemerkt; Lamon aber kam am folgenden Morgen in den Garten und wollte die Blumen aus der Quelle wässern. Wie er nun den ganzen Platz verheert und eine Verwüstung sah, wie kaum ein Räuber mit den feindseligsten Gesinnungen angerichtet hätte, zerriß er augenblicklich seinen Rock und rief mit lauter Stimme die Götter an; so daß Myrtale, was sie unter den Händen hatte, stehen ließ und hinauslief, und

Daphnis, der eben die Ziegen ausgetrieben hatte, zurückkehrte. Auch diese erhoben bei dem Anblick ein Geschrei und vergossen beim Schreien Tränen.

Die Trauer über die Blumen war zwar eitel; aber sie weinten aus Furcht vor dem Herrn; es hätte aber auch wohl ein Fremder geweint, wär' er dazu gekommen. Der Platz war verunstaltet. Der ganze Erdboden war jetzt nichts als Unrat; und was etwa dem Frevel entgangen war, blühte und strahlte und war auch liegend noch schön. Auch setzten sich die Bienen noch unablässig darauf und summten unaufhörlich, eben als ob sie wehklagten.

Lamon rief jetzt in seinem Schrecken: »Weh, weh über die Rosenhecken, wie sind sie gebrochen! Weh über das Veilchenbeet, wie ist es niedergetreten! Weh über die Hyazinthen und Narzissen, die ein böser Mensch ausgerissen hat! Der Frühling wird kommen; sie aber werden nicht sprießen: es wird Sommer werden; aber sie werden nicht blühen: der Herbst; aber sie werden niemanden kränzen. Hast denn auch du dich, o Dionysos, dieser armen Blumen nicht erbarmt, bei denen du wohntest, die du unter den Augen hattest, mit denen ich dich öfters bekränzt habe? Wie, wie soll ich nun den Garten dem Herrn zeigen? Was wird er bei diesem Anblick tun? Er wird mich alten Mann an eine Fichte hängen, wie den Marsyas; vielleicht auch den Daphnis, als ob es die Ziegen getan hätten.«

Heißer strömten bei diesen Worten die Tränen, und sie beweinten jetzt nicht mehr die Blumen, sondern ihren eigenen Leib. Auch Chloë beweinte den Daphnis, daß er gehenkt werden sollte, und wünschte, daß ihr Herr nun nicht kommen möchte, und brachte den Tag traurig hin, als ob sie den Daphnis schon gegeißelt sehe. Beim Anbruch der Nacht meldete ihnen Eudromos, der ältere Herr würde in drei Tagen kommen; sein Sohn aber früher, am nächsten Tag. Nun wurde über den Vorfall Rat gepflogen, und auch dem Eudromos teilten sie ihre Gedanken mit, und dieser, der dem Daphnis wohlwollte, riet ihnen, den ganzen Verlauf dem jüngeren Herrn zu bekennen, und versprach, sie selbst zu unterstützen, da er als sein Milchbruder etwas gelte; und da es Tag wurde, taten sie also.

Astylos kam jetzt zu Pferde an und sein Parasit mit ihm, auch zu Pferde; jenem keimte der erste Flaum um das Kinn; der andere, Gnathon, denn dies war sein Name, hatte schon längst den Bart geschoren. Als er nun ankam, warf sich ihm Lamon und mit ihm Myrtale und Daphnis zu Füßen und beschworen ihn, Mitleid zu haben mit einem unglücklichen Greis und einen unschuldigen Mann dem Zorn seines Vaters zu entreißen; und zugleich erzählte er alles. Astylos hatte Mitleid mit ihm und begab sich selbst in den Garten, und da er die Verheerung unter den Blumen sah, versprach er, selbst bei seinem Vater vorzubitten und die Schuld den Pferden zu geben, als ob sie dort angebunden gewesen und scheu geworden wären; worauf sie sich losgemacht und einiges zerbrochen, anderes niedergetreten und ausgewühlt hätten. Für diese Zusage wünschten ihm Lamon und Myrtale Glück und Segen; Daphnis aber brachte Geschenke herbei, Zicklein, Käse, Hühner und auch Kuchen, Trauben an den Reben und Äpfel an den Zweigen. Unter den Geschenken war auch lesbischer Wein, ein ganz köstlicher Wein zum Trunk.

Astylos lobte dieses und begab sich auf die Hasenjagd; denn als ein reicher Jüngling, der gewohnt war, in Weichlichkeit zu schwelgen, war er auf das Land gekommen, um den Genuß eines seltenen Vergnügens zu haben. Gnathon aber, ein Mensch, der gelernt hatte, zu essen und bis zum Rausch zu trinken und nach dem Rausch sich wohl sein zu lassen und überhaupt nichts war als Gaumen, Bauch und was noch niedriger ist als dieser, hatte den Daphnis nicht unbeachtet gelassen, als er die Geschenke brachte; und da er von Haus aus ein Liebhaber schöner Knaben war und hier eine Schönheit fand wie noch nie in der Stadt, nahm er sich vor, dem Daphnis nachzustellen, und hoffte, ihn als einen Ziegenhirten leicht zu bereden. Voll dieses Gedankens nahm er an Astylos' Jagd keinen Teil, sondern begab sich hinab, wo Daphnis weidete, um, wie er vorgab, die Ziegen, in Wahrheit aber, um den Hirten zu sehen. Um ihn sich gefällig zu machen, lobte er die Ziegen und bat ihn um eine Hirtenmelodie auf der Syrinx und sagte, er wolle ihm gar bald die Freiheit verschaffen, denn er vermöchte alles.

Als er ihn nun ganz zahm sah, lauerte er ihm auf, wie er in der Nacht die Ziegen von der Weide trieb, lief auf ihn zu, küßte ihn und bat ihn um die Gunst, welche die Ziegen den Böcken gewähren. Da ihn nun Daphnis endlich verstand und sagte, daß Böcke die Ziegen besprängen, zieme sich wohl; nie aber habe man einen Bock gesehen, der einen Bock, oder einen Widder, der statt der Schafe einen andern Widder, oder Hähne, die statt der Hennen andere Hähne bestiegen, war Gnathon im Begriff, Gewalt zu gebrauchen und legte Hand an ihn. Er aber stieß den berauschten Menschen, der sich kaum auf den Füßen hielt, von sich und warf ihn zur Erde; dann lief er wie ein Reh davon und ließ jenen liegen, der nun einen Mann, nicht einen Knaben zum Führer brauchte. Seitdem ließ er ihn sich nicht mehr nah kommen, sondern weidete die Ziegen bald hier, bald dort, um jenem zu entgehen und Chloë zu bewachen. Auch machte Gnathon keinen Versuch weiter, da er erfahren hatte, daß Daphnis nicht bloß schön, sondern auch stark war, suchte aber einen günstigen Augenblick, um mit Astylos von ihm zu sprechen und hoffte, ihn von dem reichen und freigebigen Jüngling als Geschenk zu erhalten.

Damals war das nun nicht ausführbar; denn Dionysophanes und Klearista waren angekommen, und es war ein großes Drängen von Zugvieh und Dienern, Männern und Weibern; in der Zwischenzeit aber faßte er eine lange erotische Rede ab. Dionysophanes nun aber war zwar schon halb grau, aber ein großer und schöner Mann, der es im Kampf auch wohl mit Jünglingen aufgenommen hätte; auch war er reich wie wenige und rechtlich wie kein anderer. Am ersten Tage nach seiner Ankunft opferte er den Göttern des Feldbaues, der Demeter und dem Dionysos, dem Pan und den Nymphen, und stellte für alle Anwesenden einen gemeinsamen Mischkrug auf; an den folgenden Tagen aber nahm er Lamons Wirtschaft in Augenschein; und da er das Feld gut gepflügt, die Weingärten reichlich bepflanzt, den Lustgarten schön gehalten sah – denn wegen der Blumen hatte Astylos die Schuld auf sich genommen –, freute er sich außerordentlich und lobte den Lamon und versprach, ihm die Freiheit zu schenken. Dann begab er sich auch mit ihm auf die Weide hinab, um auch die Ziegen in Augenschein zu nehmen und ihren Hüter.

Chloë hatte sich aus Furcht und Scheu vor dem Gewühl in den Wald geflüchtet; Daphnis aber stand da, mit einem zottigen Ziegenfell angetan und einer neugenähten Hirtentasche über den Schultern und hielt in der einen Hand frischen Käse, in der andern säugende Zicklein. Wenn jemals Apollo im Dienst Laomedons die Rinderherden weidete, so war er so gestaltet, wie damals Daphnis erschien. Er selbst sagte nichts, sondern, sein Gesicht mit Röte bedeckt, sah er zur Erde und reichte die Geschenke hin. Lamon aber sagte:

»Das, Herr, ist der Hirt der Ziegen. Du hast mir fünfzig zu weiden gegeben und zwei Böcke; er hat ihre Zahl auf hundert gebracht und zehn Böcke. Du siehst, wie wohlgenährt sie glänzen, wie lang und zottig ihre Haare, wie unverletzt ihre Hörner sind. Auch musikalisch hat er sie gemacht, denn sie tun alles nach dem Ton der Syrinx.«

Klearista, die hierbei zugegen war, wünschte eine Probe davon zu sehen und befahl dem Daphnis, den Ziegen, wie er gewohnt sei, zu flöten, und versprach, ihm dafür einen Leibrock und Schuhe zu schenken. Er ließ sie also niedersitzen, wie Zuschauer auf dem Schauplatz, stellte sich dann selbst unter die Buche und nahm die Syrinx aus der Hirtentasche. Anfänglich blies er nur schwach, und die Ziegen standen mit aufgeregten Köpfen; dann stimmte er den Weidegesang an, und die Ziegen senkten die Köpfe zur Erde und weideten; wiederum gab er helle Töne an, und sie legten sich sämtlich nieder. Auch in scharfem Ton blies er, und sie flohen nach dem Walde, als ob der Wolf sich näherte; kurz darauf blies er zum Rückzug, und sie traten aus dem Wald hervor und versammelten sich zu seinen Füßen. Keine Diener konnte man dem Befehl ihres Herrn gehorsamer sehen. Alle die andern bewunderten das, vor allem aber Klearista, die dem schönen, kunstreichen Hirten noch einmal Gaben zu reichen gelobte; und nachdem sie in ihre Wohnung zurückgekommen waren, setzten sie sich zum Frühstück und schickten dem Daphnis von dem, was sie genossen.

Er aß mit Chloë und freute sich, städtische Küche zu kosten, und war voll guter Hoffnung, die Einwilligung der Herrschaft zu der Heirat zu erhalten. Gnathon aber, der durch das, was sich bei der Herde begeben hatte, noch mehr entflammt worden war, meinte nicht leben zu können, wenn ihm Daphnis nicht zuteil würde; und nachdem er dem Astylos beim Spaziergang in dem Lustgarten aufgepaßt hatte, führte er ihn in den Tempel des Dionysos und küßte ihm Hände und Füße. Als ihn dieser nun fragte, warum er das täte, und ihm zu reden befahl und seinen Wünschen gefällig zu sein schwur, sagte er:

»Es ist aus mit deinem Gnathon, Herr. Er, der bis jetzt nur deine Tafel liebte; er, der vormals schwur, nichts Schöneres zu kennen als alten Wein; der deine Mundköche der ganzen Jugend von Mytilene vorzog – ich finde jetzt nichts schön als den Daphnis. Die köstlichsten Gerichte berühre ich nicht, so viel man auch Tag für Tag aufträgt, Fleisch, Fische,

Kuchenwerk. Gern würde ich zur Ziege werden und Gras und Laub fressen, wenn ich nur Daphnis' Syrinx hörte und von ihm geweidet würde. Rette deinen Gnathon und besiege die überschwengliche Liebe; wo nicht, so schwöre ich bei dir, meinem Abgott, daß ich ein Messer nehme, mich mit Speisen vollstopfe, und dann vor Daphnis' Tür mich ums Leben bringe. Dann wirst du dein kleines Gnathonchen nicht mehr rufen, wie du immer im Scherz gewohnt warst.«

Wie er nun so jammerte und wiederum Astylos' Füße küßte, widerstand ihm der großmütige, mit den Schmerzen der Liebe nicht unbekannte Jüngling nicht, sondern versprach ihm, sich den Knaben von seinem Vater auszubitten und ihn in die Stadt zu nehmen, für sich zum Sklaven, für Gnathon als Geliebten. Um ihn aber zu erheitern, fragte er ihn lächelnd, ob er sich nicht schäme, Lamons Sohn zu küssen und gar bei einem Knaben schlafen wolle, der Ziegen weide? Und zugleich stellte er sich, als ob ihm vor dem Bockgeruch ekle. Gnathon aber, der bei den Mahlen der Schlemmer die ganze erotische Mythologie gelernt hatte, verteidigte nicht unpassend sowohl sich als den Daphnis:

»Kein Liebender«, sagte er, »nimmt Anstoß an solchen Dingen; er gibt sich der Schönheit gefangen, an welchem Leibe er sie auch finden mag. Darum hat mancher einen Baum geliebt und einen Fluß und ein Tier. Und wer sollte nicht einen Verliebten bemitleiden, der sich vor dem Geliebten fürchten muß? Ich aber liebe eine freie Schönheit, wenn schon in einem unfreien Leibe. Siehst du nicht, wie sein Haar den Hyazinthen gleich, wie unter seinen Brauen die Augen leuchten wie in goldener Fassung ein Edelstein? Sein Gesicht ist mit Röte bedeckt; sein Mund aber voll von Zähnen, so weiß wie Elfenbein. Wer möchte nicht wünschen, von diesen Lippen süße Küsse zu nehmen? Wenn ich aber einen Hirten liebe, ahm' ich Götter nach. Anchises weidete Rinder, und ihn liebte Aphrodite; Branchos weidete Ziegen, und Apollo küßte ihn; Ganymedes hütete die Schafe, und Zeus raubte ihn. Laß uns also einen Knaben nicht gering achten, dem, wie wir sahen, auch die Ziegen gehorchen, als liebten sie ihn; sondern vielmehr den Adlern des Zeus danken, daß sie eine solche Schönheit auf Erden weilen lassen.«

Anmutig lächelnd vorzüglich über diesen Teil der Rede, bemerkte Astylos, daß Eros aus den Menschen große Sophisten mache, und erwartete nun den Augenblick, wo er mit seinem Vater über den Knaben sprechen könnte. Eudromos aber hatte alles im verborgenen gehört, und weil er den Daphnis als einen wackeren Knaben liebte, teils auch, weil es ihn verdroß, daß eine solche Schönheit in Gnathons unreine Hände fallen sollte, erzählte er sogleich die ganze Sache ihm und dem Lamon. Voll Bestürzung beschloß Daphnis, lieber mit Chloë zu entfliehen oder zu sterben, ebenfalls mit ihr. Lamon aber rief die Myrtale heraus und sagte:

»Wir sind verloren! Die Zeit ist da, wo wir das Geheimnis entdecken müssen. Unsere Ziegen zwar werden verlassen sein, und alles übrige; aber beim Pan und den Nymphen, sollt' ich auch, wie es heißt, als Stier im Stall zurückbleiben, ich kann Daphnis Geschick nicht verschweigen, sondern will sagen, wo ich ihn ausgesetzt gefunden; ich will anzeigen, wie er genährt worden, und, was ich bei ihm gefunden habe, vorzeigen. Dieser schändliche Gnathon soll erfahren, wer er ist und wen er sich untersteht zu lieben. Halte mir nur die Erkennungszeichen bereit!«

Nach dieser Verabredung gingen sie wieder hinein; Astylos aber trat zu seinem Vater, als er ihn ohne Geschäfte sah, und bat ihn, den Daphnis in die Stadt zu nehmen, weil er schön und für das Land zu gut sei und von Gnathon gar schnell die städtische Weise lernen könne. Mit Freude gewährte ihm der Vater seine Bitte, und nachdem er den Lamon und die Myrtale hatte kommen lassen, verkündete er ihnen, daß Daphnis künftig statt den Ziegen und den Bökken dem Astylos dienen würde, und versprach, ihnen an seiner Statt zwei andere Hirten zu geben. Und schon liefen alle zusammen und freuten sich, einen so schönen Mitsklaven zu bekommen, als Lamon um die Erlaubnis bat zu sprechen und also begann:

»Vernimm, o Herr, von einem bejahrten Mann ein wahrhaftes Wort; ich schwöre beim Pan und bei den Nymphen, daß ich nichts Falsches sagen werde. Ich bin nicht Daphnis' Vater, und Myrtale hat nicht das Glück gehabt, Mutter zu werden. Andre Eltern haben ihn als Kind ausgesetzt, vielleicht weil sie schon genug andere Kinder hatten; ich aber habe ihn ausgesetzt und von meiner Ziege genährt gefunden, die ich denn auch nach ihrem Tode in der Umgebung des Gartens begraben habe, aus Liebe, weil sie wie eine Mutter getan hat. Ich habe auch Erkennungszeichen mit ihm niedergelegt gefunden; ich bekenne dies, Herr, und bewahrte sie auf; sie verraten einen besseren Stand, als der unsrige ist. Daß er nun Astylos' Diener sei, der schöne Diener eines schönen und edeln Herrn, weise ich nicht zurück; das aber kann ich nicht zugeben, daß er den Lüsten eines Gnathon diene, der ihn nach Mytilene führen und zum Weibe machen will.«

Nach diesen Worten schwieg Lamon und vergoß viele Tränen. Da aber Gnathon keck genug war, mit Schlägen zu drohen, zeigte Dionysophanes großes Erstaunen und gebot dem Gnathon mit drohender Miene, zu schweigen; den Lamon aber befragte er von neuem und befahl ihm, die Wahrheit zu sagen und nicht etwas zu erdichten, das wie ein Märchen aussehe, um nur den Sohn bei sich zu behalten. Da dieser aber fest blieb und bei allen Göttern schwur und sich zur Folter erbot, wenn er löge, erwog Dionysophanes in Klearistes Gegenwart alles, was er gesagt hatte.

»Warum sollte Lamon lügen, wenn er zwei Hirten für einen bekommen kann? Wie könnte auch ein Bauer das ersinnen? War es denn nicht gleich unglaublich, daß ein solcher alter Mann und ein ganz alltägliches Weib einen so schönen Sohn haben sollten?«

Statt indes weiter den Mutmaßungen nachzuhängen, verlangte er die Erkennungszeichen zu sehen, ob sie wirklich ein glänzendes und ausgezeichneteres Los verrieten, und Myrtale entfernte sich, um alles zu holen, wie sie es in einer alten Hirtentasche aufbewahrte. Als es gebracht worden, betrachtete es Dionysophanes zuerst, und als er eine purpurne Chlamys sah, eine goldene Schnalle und ein kleines Schwert mit elfenbeinernem Griff, schrie er laut auf: »O Zeus! O Gott!« und rief seine Gemahlin, um es zu betrachten. Auch diese rief ebenfalls beim ersten Blick aus:

»O ihr heiligen Parzen! Haben wir das nicht unserem eigenen Sohn mitgegeben? Haben wir nicht Sophrosyne damit hier auf das Land geschickt? Nichts anderes war es, sondern eben dasselbe, lieber Mann. Es ist unser Kind; Daphnis ist dein Sohn; er weidete seines Vaters Ziegen.«

Während sie noch sprach und Dionysophanes die Sachen küßte und vor großer Freude weinte, warf Astylos, als er hörte, daß Daphnis sein Bruder sei, seinen Mantel von sich und lief nach dem Garten, um ihn zuerst zu küssen. Als ihn Daphnis aber nebst vielen andern herzulaufen sah, und ihn »Daphnis! Daphnis!« rufen hörte und nicht anders meinte, als er wolle ihn gefangennehmen, warf er Hirtentasche und Syrinx von sich und eilte dem Meer zu, um sich von dem hohen Felsen herabzustürzen. Und so wäre Daphnis vielleicht sonderbarerweise eben, da er gefunden war, verloren worden, hätte nicht Astylos von neuem gerufen:

»Steh still, Daphnis, fürchte nichts; ich bin dein Bruder, und deine bisherigen Herren sind deine Eltern. Eben hat uns Lamon von der Ziege erzählt und die Merkzeichen vorgewiesen. Sieh dich nur um, wie heiter und lachend sie dort kommen. Mich aber küsse zuerst! Ich schwöre dir bei den Nymphen, daß ich nicht lüge.«

Erst nach diesem Schwur blieb er stehen und erwartete den Astylos, und als er herbeikam, küßte er ihn. In der Zeit, wo er diesen küßte, strömte auch die übrige Schar der Diener und Dienerinnen herbei und der Vater selbst und die Mutter mit ihm. Diese alle umarmten und küßten ihn freudig und weinend. Er aber begrüßte vor den andern Vater und Mutter, und als ob er es längst schon gewußt hätte, drückte er sie an seine Brust und wollte sich nicht aus ihren Armen losmachen: so schnellen Glauben bewirkt die Natur! Fast hätt' er auch Chloë vergessen. Nachdem er nun in das Haus zurückgekehrt war, legte er ein kostbares Kleid an, und, neben seinem Vater sitzend, vernahm er aus seinem Mund folgendes:

»Ich habe sehr jung geheiratet, meine Kinder, und nach kurzer Zeit war ich ein glücklicher Vater, wie ich glaubte; denn zuerst wurde mir ein Sohn geboren, dann eine Tochter, und nach dieser Astylos. Ich glaubte hinlänglich mit Kindern versorgt zu sein, und als mir nach allen dieser Sohn geboren wurde, setzte ich ihn aus und gab ihm diese Sachen mit, nicht als Erkennungszeichen, sondern als Totenschmuck. Das Schicksal hatte es anders beschlossen. Mein ältester Sohn und meine älteste Tochter starben an einer ähnlichen Krankheit an einem Tage; du aber wurdest mir durch die Vorsehung der Götter erhalten, damit ich mehrere Stützen hätte. Hege also keinen Groll wegen deiner Aussetzung gegen mich, denn es war kein freiwilliger Entschluß; und auch du, Astylos, laß es dich nicht verdrießen, daß du statt meiner ganzen Habe nur einen Teil bekommen sollst; denn für wohlgesinnte Menschen gibt es kein schöneres Gut als einen Bruder; sondern liebt euch gegenseitig; dann könnt ihr Reichtums wegen mit Königen wetteifern. Ich werde euch vieles Land hinterlassen und viele brauchbare Sklaven, auch Gold und Silber und viele andere Habe reicher Leute. Dem Daphnis geb' ich nur diese Flur im voraus, und den Lamon und die Myrtale und die Ziegen, die er selbst geweidet hat.«

Während er noch sprach, sprang Daphnis auf mit den Worten: »Da hast du mich zur rechten Zeit an etwas erinnert. Ich muß die Ziegen zur Tränke führen, die gewiß schon recht durstig auf meine Syrinx warten, während ich hier sitze.«

Alle lachten, daß er, der ein Herr geworden war, noch immer ein Ziegenhirt sein wollte; und ein anderer wurde abgeschickt, für die Ziegen zu sorgen; sie aber opferten dem rettenden Zeus und hielten ein Mahl. Bei diesem Mahl erschien bloß Gnathon nicht, sondern blieb aus Furcht den ganzen Tag und die ganze Nacht wie ein Schutzsuchender in des Dionysos Tempel. Als sich nun schnell unter allen die Nachricht verbreitete, daß Dionysophanes einen Sohn gefunden und daß sich Daphnis, der Ziegenhirt, als Herr der Flur ausgewiesen habe, strömten die Leute von allen Seiten herzu und freuten sich mit dem Knaben und brachten seinem Vater Geschenke. Unter ihnen war Dryas der erste, Chloës Pflegevater.

Dionysophanes behielt alle bei sich, um als Teilnehmer der Freude auch an dem Fest teilzunehmen. Viel Wein wurde herbeigeschafft und viel Mehl, auch Wasservögel, Spanferkel und mancherlei Backwerk; und viele Opfer wurden den heimischen Göttern dargebracht. Jetzt nahm Daphnis all sein Hirtengerät zusammen und verteilte es unter die Götter als Weihgeschenke. Dem Dionysos weihte er die Hirtentasche und das Fell; dem Pan die Syrinx und die Querpfeife; den Hirtenstab den Nymphen und die Milchgefäße, die er selbst verfertigt hatte. Wie aber immer das Gewohnte einem erfreulicher ist als ein fremdes und ungewohntes Glück, so weinte er bei jedem Stück, von dem er sich trennte; und hing die Milchgefäße nicht eher auf, bis er gemolken, das Fell nicht eher, als bis er es umgehängt; die

Syrinx, bis er darauf geflötet hatte; ja er küßte das alles und redete die Ziegen an und rief die Böcke mit Namen. Aus der Quelle trank er auch, weil er oft mit Chloë daraus getrunken hatte. Noch aber bekannte er seine Liebe nicht, sondern erwartete die gelegene Zeit.

Während der Zeit, wo Daphnis bei den Opfern war, trug sich mit Chloë folgendes zu: Sie saß bei ihrer Herde und weinte und sagte, wie natürlich war:

»Daphnis hat mich vergessen. Er träumt von einer reichen Heirat. Warum ließ ich ihn auch statt bei den Nymphen bei den Ziegen schwören? Er hat sie verlassen, wie Chloë. Nicht einmal jetzt, wo er dem Pan und den Nymphen opfert, hat er Chloë zu sehen gewünscht. Er hat vielleicht bei seiner Mutter Mägde gefunden, die besser sind als ich. Nun, wohl ihm! Ich aber will nicht länger leben.«

Indem sie so bei sich sprach und so bei sich dachte, überfiel sie Lampis, der Rinderhirt, mit einer Begleitung von Landleuten und raubte sie weg, weil Daphnis sie nun doch nicht heiraten und Dryas jetzt nur allzu gut mit ihm zufrieden sein würde. Sie wurde also unter kläglichem Geschrei fortgerissen; aber einer, der es gesehen hatte, zeigte es der Nape an, Nape dem Dryas, Dryas dem Daphnis. Dieser geriet darüber fast von Sinnen; da er aber nicht wagte, mit seinem Vater zu sprechen, und sich doch nicht fassen konnte, ging er in den Garten und jammerte:

»Oh, welch unseliges Finden!« sagte er. »Wieviel besser wär' es für mich, die Herde zu weiden! Wieviel glücklicher war ich, als ich ein Knecht war! Da sah ich doch Chloë! Da küßt' ich sie. Nun hat Lampis sie geraubt, und wenn die Nacht kommt, wird er bei ihr liegen. Ich aber trinke und schwelge und habe umsonst beim Pan und den Ziegen und den Nymphen geschworen.«

Diese Worte des Daphnis vernahm Gnathon, der in dem Garten versteckt war, und da er jetzt den günstigen Zeitpunkt zur Aussöhnung gefunden zu haben glaubte, nahm er einige von Astylos' jungen Leuten zu sich und eilte dem Dryas nach. Nachdem er sich von diesen die Wohnung des Lampis hatte zeigen lassen, beschleunigte er seine Schritte und traf ihn, als er eben Chloë in sein Haus führte, nahm sie ihm ab und züchtigte die Bauern, die ihm geholfen hatten, mit Faustschlägen. Auch wollte er den Lampis binden und wie einen Kriegsgefangenen fortführen, dieser aber war vorher davongelaufen. Nach so rühmlicher Tat kehrte er bei Anbruch der Nacht zurück. Den Dionysophanes fand er schlafend; Daphnis aber wachte noch und weinte im Garten. Er führte also Chloë zu ihm, und nachdem er sie ihm übergeben hatte, erzählte er ihm den ganzen Verlauf; bat ihn hierauf, das Geschehene zu vergessen, ihn als einen treuen Diener zu behalten und nicht von seinem Tisch zu verstoßen, ohne den er verhungern würde. Als aber Daphnis Chloë wiedersah und sie in seinen Armen hatte, verzieh er ihm als seinem Wohltäter und rechtfertigte sich bei ihr über seine Vernachlässigung.

Jetzt gingen sie miteinander zu Rate und beschlossen, ihren Bund geheim zu halten; Daphnis aber wollte Chloë im Verborgenen behalten und nur seiner Mutter diese Liebe bekennen. Dryas aber gestattete das nicht, sondern verlangte mit dem Vater zu sprechen und versprach ihn zu bereden. Am folgenden Morgen begab er sich mit den Erkennungszeichen in der Hirtentasche zu Dionysophanes und der Klearista, die in dem Lustgarten saßen; auch Astylos war zugegen und Daphnis; und da alle schwiegen, hob er also an:

»Eine gleiche Notwendigkeit wie dem Lamon gebietet auch mir, das bisher bewahrte Geheimnis kundzutun. Diese Chloë hier hab' ich nicht gezeugt, auch nicht ernährt; andere haben sie erzeugt, und als sie in der Grotte der Nymphen lag, hat ein Schaf sie ernährt. Dies sah ich mit meinen eigenen Augen und staunte, als ich es sah; dann zog ich sie auf. Mir zeugt ihre Schönheit; denn uns gleicht sie nicht; es zeugen auch die mit ihr gefundenen Merkmale, die zu kostbar für Hirten sind. Seht sie hier und sucht die Angehörigen des Mädchens auf, ob sie sich vielleicht des Daphnis würdig zeigt.«

Diese Worte warf Dryas nicht ohne Bedacht hin, und auch Dionysophanes hörte sie nicht achtlos an; sondern mit einem Blick auf Daphnis, den er erblassen und heimlich weinen sah, erkannte er sogleich seine Liebe; und mehr aus Sorge für seinen eigenen Sohn als für ein fremdes Mädchen prüfte er die Erzählung des Dryas mit größter Genauigkeit. Als ihm aber auch die Erkennungszeichen vor Augen gelegt wurden, die übergoldeten Schuhe, die Spangen, die Mitra, rief er Chloë zu sich und sprach ihr Mut ein; sie habe schon den Mann, bald würde sie auch Vater und Mutter finden. Jetzt nahm sich Klearista ihrer an und schmückte sie als die Gattin ihres Sohnes; den Daphnis aber nahm Dionysophanes allein und fragte ihn, ob sie noch Jungfrau sei; und da er mit einem Eid beteuerte, daß nichts weiter als Küssen und Schwüre unter ihnen vorgefallen, freute er sich und ließ sie zusammensitzen.

Jetzt konnte man sehen, was die Schönheit ist, wenn sie im Schmuck erscheint! Denn jetzt, da Chloë angekleidet war, ihr Haar aufgeflochten und ihr Angesicht gewaschen hatte, fanden alle ihre Schönheit um so viel erhöht, daß selbst Daphnis sie kaum wiedererkannte; und auch ohne die Erkennungszeichen hätte man geschworen, daß Dryas nicht der Vater eines solchen Mädchens sei. Dennoch war er auch gegenwärtig und schmauste mit und Nape ebenfalls, und auf einem besonderen Lager hatten sie den Lamon und die Myrtale zur Gesellschaft. Nun wurden wiederum an den folgenden Tagen Opfertiere geschlachtet und Mischkrüge aufgestellt; und auch Chloë weihte jetzt, was sie besaß, die Syrinx, die Hirtentasche, das Fell, die Milchgefäße. Auch mischte sie die Quelle in der Nymphengrotte mit Wein, weil sie bei ihr gesäugt worden war und sich oft darin gebadet hatte. Sie bekränzte auch den Grabhügel des Schafes, den Dryas ihr zeigte. Auch flötete sie noch selbst der Herde etwas vor, und nach dem Flöten betete sie zu den Göttinnen und flehte zu ihnen, daß sie Eltern finden möchte, die sie der Ehe ihres Daphnis würdig machten.

Als aber nun auf dem Lande der Feste genug gefeiert waren, beschloß man, sich nach der Stadt zu begeben und nach Chloës Eltern zu forschen und die Hochzeit nicht länger aufzuschieben. Sie schickten sich also mit Tagesanbruch zur Reise an, schenkten dem Dryas noch weitere dreitausend Drachmen, dem Lamon aber die Hälfte des Ertrages von dem Grundstück an Früchten und Wein, drei Ziegen samt den Hirten, vier Joche Stiere und Winterkleider; auch seinem Weib wurde die Freiheit geschenkt. Hierauf reisten sie nach Mytilene ab mit Pferden und Wagen und großer Pracht. Damals bemerkten die Bürger sie nicht, da sie in der Nacht ankamen; am folgenden Morgen aber sammelte sich die Menge um ihre Tür, Männer und Weiber. Jene freuten sich mit Dionysophanes, daß er einen Sohn gefunden, und mehr noch, als sie die Schönheit des Daphnis sahen; die Weiber aber wünschten Kleariste Glück, daß sie zugleich einen Sohn und seine Braut in das Haus gebracht habe. Auch diese setzte Chloë durch ihre Schönheit, die durch nichts verdunkelt werden konnte, in Erstaunen. Die ganze Stadt geriet in Bewegung über den Jüngling und das Mädchen; sie priesen schon das Glück dieser Ehe und wünschten, daß die Abkunft des Mädchens ihrer Schönheit angemessen möchte gefunden werden. Ja viele der reichsten Frauen baten die Götter, sie für die Mutter einer so schönen Tochter gelten zu lassen.

Nun hatte Dionysophanes einst, als er nach vielem Sinnen in einen tiefen Schlaf gesunken war, folgenden Traum. Es kam ihm vor, als bäten die Nymphen den Eros, endlich doch den Liebenden die Ehe zuzugestehen; und als ob dieser den Bogen abspanne und zu dem Köcher von sich lege und dem Dionysophanes befehle, die Edelsten der Mytilenäer zu einem Mahl einzuladen und, wenn er den letzten Mischkrug gefüllt habe, die Erkennungszeichen jedem vorzuweisen und hierauf den Hochzeitsgesang anzustimmen. Wie er nun dies gesehen und gehört hatte, stand er mit Tagesanbruch auf und befahl, ein glänzendes Mahl zu bereiten von den Gaben des Landes und des Meeres und was Seen und Flüsse böten, und lud hierauf alle die Vornehmsten der Mytilenäer zu Gästen ein. Als es nun schon Nacht geworden und der Mischkrug gefüllt war, aus dem sie dem Hermes spenden, brachte ein Diener auf einem silbernen Becken die Erkennungszeichen herein, trug sie rechts herum und zeigte sie allen vor.

Von den andern erkannte sie keiner; ein gewisser Megakles aber, der um seines Alters willen den obersten Platz hatte, sah sie nicht sobald, als er sie erkannte und mit lauter Stimme ausrief:

»Was seh' ich hier? Was ist aus dir geworden, mein Töchterchen? Lebst du wohl auch noch? Oder hat ein Hirt nur dies gefunden und aufgehoben? Ich bitte dich, Dionysophanes, sage mir, woher du die Erkennungszeichen meines Kindes hast. Gönne nach deines Daphnis' Entdeckung auch mir etwas zu finden!«

Da nun Dionysophanes von ihm verlangte, zuerst die Geschichte der Aussetzung zu erzählen, sagte Megakles, ohne den Ton der Stimme zu senken:

»Meine Habe war in früherer Zeit gering; denn was ich hatte, war für Choregien und Trierarchien draufgegangen. In diesen Umständen wurde mir meine Tochter geboren. Weil ich sie nun nicht in Dürftigkeit erziehen wollte, setzte ich sie geschmückt mit diesen Merkzeichen aus, weil ich wußte, daß viele auch so Väter zu werden wünschen. Sie war nun also in einer Grotte der Nymphen ausgesetzt und den Göttinnen anvertraut; mir aber strömte täglich Reichtum zu und ich hatte keinen Erben; denn nicht einmal eine Tochter gönnte mir das Glück; sondern als ob die Götter meiner spotteten, sandten sie mir Träume bei Nacht, daß ich durch ein Schaf Vater werden würde.«

Jetzt stieß Dionysophanes noch lautere Ausrufungen aus als Megakles vorher, sprang von seinem Platz auf und führte Chloë, köstlich geschmückt, mit diesen Worten herein:

»Dieses Kind hast du ausgesetzt: dieses Mädchen hat dir ein Schaf durch der Götter Vorsehung ernährt; wie mir eine Ziege den Daphnis. Nimm diese Merkzeichen und die Tochter, nimm sie und gib sie dem Daphnis als Braut zurück. Wir haben beide ausgesetzt und beide wiedergefunden; für beide hat Pan, haben die Nymphen und Eros gesorgt.«

Megakles stimmte in diese Rede ein, schickte nach seiner Gemahlin Rhode und hielt Chloë an seiner Brust. Auch blieben sie zum Schlafen dort; denn Daphnis schwur, er werde Chloë niemandem überlassen, selbst ihrem Vater nicht.

Als es Tag geworden, kamen sie überein, wieder auf das Land zu gehn; denn Daphnis und Chloë hatten sich dieses erbeten, weil ihnen das Weilen in der Stadt unerträglich war. Auch jene wünschten, eine ländliche Hochzeit für sie zu veranstalten. Sie begaben sich also zu Lamon, führten den Dryas zu Megakles, stellten Nape der Rhode vor und machten Anstalten zu einem glänzenden Fest. Nun empfing Daphnis Chloë in Gegenwart der Nymphen, und nebst vielen andern Dingen weihten sie auch die Erkennungszeichen und vermehrten den Reichtum des Dryas bis zu zehntausend Drachmen.

Da der Himmel günstig und heiter war, ließ Dionysophanes dort vor der Grotte Lager aus grünem Laubwerk ausbreiten und bewirtete hier die ganze Nachbarschaft auf das reichlichste. Da war Lamon und Myrtale, Dryas und Nape zugegen; auch Dorkons Angehörige, Philetas, des Philetas Söhne, Chromis und Lycänion; auch Lampis hatte Verzeihung erhalten und fehlte nicht. Hier war nun alles, wie natürlich in solcher Gesellschaft, dörflich und landgemäß: einer sang, wie die Schnitter singen; ein anderer ahmte die spottende Kurzweil der Kelternden nach; Philetas spielte die Syrinx; Lampis flötete; Dryas und Lamon tanzten; Chloë und Daphnis küßten sich. Es weideten auch die Ziegen in der Nähe, als ob sie ebenfalls an dem Fest Anteil nähmen. Für die Städter hatte dies keinen großen Reiz; Daphnis aber rief einige mit Namen herbei, gab ihnen grünes Laub, faßte sie bei den Hörnern und küßte sie.

Und nicht bloß damals, sondern so lange sie lebten, führten sie die meiste Zeit ein Hirtenleben, verehrten die Götter, die Nymphen, den Pan, den Eros, schafften große Herden von Schafen und Ziegen an und kannten keine süßere Kost als Obst und Milch. Auch legten sie ein Knäbchen einer Ziege an, und ihr zweites Kind, ein Töchterchen, ließen sie an einem Schaf trinken; und nannten jenes Philopoimen, dieses Agele. So lebten sie auch dort zusammen bis in ihr spätes Alter und schmückten die Grotte und stellten Bilder auf und weihten einen Altar dem hirtlichen Eros; dem Pan aber gaben sie statt der Pinie einen Tempel zum Obdach und nannten ihn Pan den Krieger.

Doch dies taten sie erst in der Folge. Damals aber wurden sie, als es Nacht geworden, von allen in das Brautgemach geleitet, wobei die einen die Syrinx, andere die Flöte bliesen, noch andere große Fackeln trugen. An der Tür sangen sie mit rauher und kreischender Stimme, als ob sie die Erde mit Dreizacken aufrissen, nicht aber ein Brautlied sängen.

Daphnis und Chloë aber lagen entkleidet zusammen, umarmten einander und küßten sich und schliefen in dieser Nacht nicht mehr als die Nachteulen tun. Daphnis übte jetzt Lycänions Unterricht aus; und Chloë erfuhr nun zuerst, daß ihre Kurzweil am Wald nur Hirtenspiel gewesen war.

ANHANG

EINFÜHRUNG

Longos' *Daphnis und Chloë* ist ein Roman und gehört damit zu dem literarischen Genre, das heute die größte Popularität besitzt. Doch im Gattungsspektrum der antiken Poesie und Prosa spielt der Roman eine verhältnismäßig unbedeutende Rolle. Die Griechen und Römer, die doch fast alle heute gebräuchlichen Bezeichnungen für die verschiedenen Textsorten prägten, hatten für Prosaerzählungen wie *Daphnis und Chloë* nicht einmal einen eigenen Namen. Sie verwendeten Bezeichnungen für andere Gattungen wie *historía* oder *drâma*. Der Begriff »Roman« ist französischen Ursprung. Er entstand im Mittelalter zur Bezeichnung von längeren Vers- oder Prosaerzählungen, die nicht im Latein der Gelehrten, sondern in der romanischen Sprache der weniger Gebildeten geschrieben waren. Aus der Antike sind auch nur insgesamt sieben vollständig (bzw. in umfangreichen Auszügen) erhaltene narrative Texte überliefert, die sich als Romane klassifizieren lassen. Fünf von ihnen sind in griechischer Sprache verfaßt: die *Kallirhoë* des Chariton (frühes 1. Jh. n. Chr.), die *Ephesiaka* (»Ephesische Geschichten«) des Xenophon von Ephesos (frühes 2. Jh.), *Leukippe und Kleitophon* des Achilleus Tatios (2. Hälfte 2. Jh.), *Daphnis und Chloë* des Longos (um 200) und die *Aithiopika* Heliodors (2. Drittel 3. Jh.). Zwei Romane sind auf Lateinisch geschrieben: die *Satyrica* (»Geschichten aus dem Lande der Satyrn«) des Petronius (Mitte 1. Jh. n. Chr.) und die *Metamorphosen* des Apuleius (Mitte 2. Jh.), die unter dem (vermutlich) von dem Kirchenvater Augustin stammenden Titel *Der goldene Esel* bekannter sind. Neben diesen Texten gibt es einige, die mit den genannten Romanen Übereinstimmungen in der Darstellungsform und den Motiven aufweisen, aber allenfalls zur romanhaften Erzählprosa der Antike, nicht zu den Romanen im engeren Sinne zu zählen sind: z. B. der »Alexanderroman«, die *Historia Apollonii regis Tyri* (»Geschichte von Apollonios, dem König von Tyros«) oder der christliche »Klemensroman«.

Als homogene Gruppe erweisen sich die sieben Texte, die man als Romane bezeichnen kann, vor allem aufgrund der Tatsache, daß sie durch die Verwendung bestimmter Erzählmotive eng miteinander verwandt sind. Das gilt insbesondere für die griechischen Romane des Chariton, Xenophon, Achilleus und Heliodor. Diese vier Erzählungen weisen ein geradezu stereotypes Handlungsschema auf. Hauptpersonen des Geschehens sind ein junger Mann und ein junges Mädchen von vornehmer Abstammung und unvergleichlicher Schönheit, die, bereits verheiratet oder einander fest versprochen, auf einer langen Reise in ferne Länder teils zusammen, teils getrennt eine Serie von meist leidvollen Abenteuern zu bestehen haben. Häufigste Ursache ihrer Leiden ist der Schwur unverbrüchlicher Treue, dessen strikte Einhaltung sie als Gefangene von Räubern bzw. Piraten oder Sklaven reicher Herren bzw. Herrinnen in gefährliche Situationen bringt. Besonders oft sind sie von der Ermordung bedroht. Oder sie fassen, auf eine andere Weise in die Enge getrieben, den verzweifelten Beschluß, sich selbst umzubringen, worauf entweder Rettung im letzten Augenblick folgen kann oder ein Scheintod, der weitere Verwicklungen hervorruft. Bevorzugte Schauplätze dieser Abenteuer sind die Länder Kleinasiens und des Nahen Ostens, in denen das Liebespaar sowohl mit Griechen als auch mit exotischen Orientalen zusammentrifft. Wenn das Paar auf dem Meer reist, gerät es in der Regel in einen Sturm, der einen Schiffbruch verursacht. Am Ende der Leidenskette stehen Wiedervereinigung und Heimkehr zu einem von nun an uneingeschränkt glücklichen Leben. Die Erzählmotive, die dieses Handlungsschema tragen, werden in den beiden frühen Romanen Charitons und Xenophons so häufig eingesetzt, daß bei ihnen das Geschehen besonders bunt und die Darstellung entsprechend urtümlich wirkt.

Wegen der idealisierenden Präsentation der erzählten Handlung bei Chariton, Xenophon, Achilleus und Heliodor sowie bei Longos, der das gerade skizzierte Handlungsschema spielerisch abwandelt, nennt man die fünf griechischen Prosaerzählungen »idealisierende Romane«. Diese Texte sind auch in ihrer Erzähltechnik eng miteinander verwandt. In betonter Anlehnung an die zur Zeit der Entstehung des antiken Romans einzig vergleichbare Gattung narrativer Prosa, das Geschichtswerk, erzählt der Autor wie ein Historiograph das Geschehen linear bzw. in Parallelberichten, die aufgrund einer Trennung der beiden Protagonisten erforderlich werden. Dabei kann er novellenartige Kurzerzählungen über die Erlebnisse anderer Personen oder Exkurse, z.B. mythographischer oder fachwissenschaftlicher Natur, einschalten. Komplizierte narrative Techniken wie Ich-Erzählung, Retrospektive oder Verschachtelung, ja Verrätselung der Handlung, die sich von der Darstellungsweise der Historiographie entfernen, in neuzeitlicher Romanliteratur dagegen um so häufiger anzutreffen sind, werden vom antiken Roman erst im Laufe der Gattungsgeschichte entwickelt, und zwar vor allem von Achilleus Tatios und Heliodor. Dabei bleibt jedoch bis zum letzten der uns erhaltenen Vertreter der Gattung, den *Aithiopika*, die gesuchte Nähe zu den Darstellungsmitteln der Geschichtsschreibung gewahrt. Auf besonders einfache Weise kann sich das bereits im Titel offenbaren. Denn Überschriften wie *Ephesiaka* und *Aithiopika* (weitere Titel dieser Art sind für verlorene Romane bezeugt oder für erhaltene zu erschließen) hätte auch ein antiker Historiograph seinem Werk geben können. Bekanntestes

Beispiel sind die *Hellenika* (»Griechische Geschichte«) des Xenophon von Athen aus klassischer Zeit. Die Einzelepisode des antiken Romans steht dagegen eher in der Tradition typischer Tragödien- und Komödienszenen. Lange Dialoge ersetzen oft über weite Strecken die Berichterstattung des Erzählers, und häufige Monologe und Reden dramatisieren das Geschehen, dessen Höhepunkt eine Gerichtsverhandlung bilden kann.

Dieselben Mittel narrativer Technik finden wir bei den beiden lateinischen Romanen. Petrons *Satyrica* und besonders die *Metamorphosen* des Apuleius erreichen, was die Anwendung kunstvoller Erzählweisen betrifft, ebenso wie die am Ende der Entwicklung des idealisierenden Romans stehenden Texte des Achilleus Tatios, Longos und Heliodor ein bemerkenswert hohes literarisches Niveau. Im stofflich-motivischen Bereich bieten die beiden lateinischen Romane anstelle einer idealisierenden Darstellung der fiktionalen Wirklichkeit komische oder realistische Schilderung, weshalb man sie als »komisch-realistische Romane« zu klassifizieren pflegt. So spielen z.B. Szenen voll derber Erotik, die es in den griechischen Romanen nicht gibt, bei Petron und Apuleius eine wichtige Rolle. Doch die Liebe ist auf jeden Fall ein in den Texten beider Gattungstypen dominierendes Thema, und hier wie dort werden überwiegend leidvolle Abenteuer aneinandergereiht. Ferner ist das Ende des Romangeschehens bei Apuleius – bei Petron kennen wir es nicht, dürfen aber Entsprechendes vermuten – »happy« wie im idealisierenden Roman. Oftmals hat man den Eindruck, typische Szenen des idealisierenden Romans würden im komisch-realistischen Roman parodiert. Bei Petron weist allein schon der Titel in diese Richtung: »Geschichten aus dem Lande der Satyrn« läßt von vornherein erwarten, daß ein idealisiertes Geschehen, wie es etwa *Daphnis und Chloë* bietet, hier ins Groteske verzerrt wird, und so ist es auch.

Die Entstehung von *Daphnis und Chloë* wird in der Forschung meist um 200 n. Chr. angesetzt, was u. a. damit begründet wird, antike Maltechnik in dieser Zeit ähnele der Erzähltechnik des Longos. Aber eine Argumentation dieser Art ist nicht beweiskräftig. Da bisher keine Papyri mit Resten von *Daphnis und Chloë* gefunden wurden und die früheste Anspielung auf den Roman sich (vielleicht) in einem Gedicht des Konstantin von Sizilien im 10. Jahrhundert findet, muß das zeitliche Verhältnis des Longos zu Achilleus Tatios und Heliodor offen bleiben. Wir können nicht einmal genau sagen, woher der Autor von *Daphnis und Chloë* stammt. Zwar ist auf Lesbos, wo die Handlung des Romans spielt, eine Familie der Pompeii Longi inschriftlich bezeugt, aber es ist umstritten, ob Longos, der im Werk so gut wie nichts über seine Person verrät, die Insel aus eigener Anschauung kannte.

Der Anfang des Romans weist ein Motiv auf, das sich auch bei Achilleus Tatios am Anfang findet: eine Bildbeschreibung als Ausgangspunkt der Handlung. Während der Jagd in einem Nymphenhain bei Mytilene auf Lesbos erblickt der Erzähler ein Gemälde. Dieses dient ihm nicht einfach als Anknüpfungspunkt für seine Geschichte, sondern es stellt die Romanhandlung bereits visuell dar und weckt in ihm das Verlangen, mit dem Maler literarisch zu wetteifern. Die Darstellung der Romanhandlung in Worten gerät ihm denn auch zu einem Klangbild der rhythmisierten Sätze, der Reime und des reichen rhetorischen Schmucks. Daphnis und Chloë, die von ihren (verschiedenen) Eltern nach der Geburt ausgesetzt und von einer Ziege bzw. einem Schaf gesäugt worden sind, werden zu Beginn der Handlung von den jeweiligen Hirten gefunden und in deren Familien aufgezogen. Beim gemeinsamen Hüten der Ziegen und Schafe durch den fünfzehnjährigen Daphnis und die dreizehnjährige Chloë erwacht die Liebe der beiden zueinander, gleichzeitig beginnen aber auch die unvermeidlichen Schwierigkeiten zweier ahnungsloser Kinder, das für sie unerklärliche Gefühl der Sehnsucht nach einem engeren Verhältnis zum Partner in aktive Äußerungen der Zuneigung umzusetzen. Damit ist das Leitmotiv der »Reiseabenteuer« dieses Romans geschaffen. Es ist zwar keine Reise in ferne Regionen, die die beiden machen, aber die ebenso »abenteuerliche« Reise durch das fremdartige Land der seelischen Erfahrungen von zwei jungen Menschen, die die körperliche Liebe Schritt für Schritt entdecken. Die »Reisestationen« sind dabei die neuen Erkenntnisse, die sowohl anhand von Beobachtungen an Tieren und aus Belehrungen durch andere als auch aus Mißerfolgen gewonnen werden. Diese Erkenntnisse nehmen im Ablauf der Jahreszeiten stetig zu, weshalb Bryan Reardon treffend formuliert hat: »Daphnis and Chloë embark on a journey not in space, but in time« (*Phoenix* 23, 1969, S. 301).

Die bald hilfreichen, bald bedrohlichen Begegnungen der Liebenden mit der übrigen Welt erinnern, was die Bedrohungen betrifft, deutlich an die Erlebnisse der Protagonisten in den anderen idealisierenden Romanen. Im ersten von insgesamt vier Büchern rauben phönizische Piraten, die an der Küste von Lesbos landen, Daphnis zusammen mit einer Herde Rinder. In Buch 2 wird Chloë von einer Gesellschaft reicher junger Männer aus der Stadt Methymna auf deren Schiff entführt. Beide Male erfolgt Rettung im letzten Augenblick. Im ersten Fall bewirkt das Syrinxspiel Chloës, daß die Rinder von dem gerade abfahrenden Seeräuberschiff ins Meer springen und das Fahrzeug zum Kentern bringen (das Schiffbruchmotiv!), im anderen Fall verhindert der Hirtengott Pan das Davonsegeln durch schreckliche Erscheinungen. Daneben finden sich die ebenfalls aus den übrigen Romanen bekannten Versuche von Rivalen, den Protagonisten bzw. die von ihm geliebte Frau für sich zu gewinnen: In

Buch 1 begehrt ein anderer Hirte Chloë, und in Buch 4 lesen wir, wie ein mit dem Sohn des reichen Gutsherrn befreundeter Parasit Daphnis nachstellt und wie ein weiterer Hirt Chloë vorübergehend in seine Gewalt bringt. Diese Bedrohungen sind wie die Abenteuer mit den Piraten und den Mytilenäern kurz und im Grunde harmlos. Mit den meist lebensgefährlichen Verfolgungen der Helden in den anderen griechischen Romanen ist das alles nur entfernt verwandt, ja wirkt eher wie das Produkt spielerischer Variation der bekannten Motive. Ort des Geschehens ist überdies eine ländliche Idylle, über deren Frieden schützende Gottheiten wachen, und so fügt es sich gut zu der vorwiegend heiterne Atmosphäre der Episoden mit den »echten« Abenteuern des Daphnis und der Chloë, daß Longos das Motiv für sein Happy-End dem Motivarsenal der Neuen Komödie entlehnte: Der Schluß des Romans wird durch zwei überraschende Wiedererkennungsszenen eingeleitet, in denen sich herausstellt, daß Daphnis und Chloë die Kinder reicher Bürger von Mytilene sind. Unmittelbar darauf folgen die Hochzeit und die erste Liebesvereinigung der beiden.

Wie man sieht, haben die »echten« Abenteuer für die Romanhandlung bei weitem nicht dieselbe Bedeutung wie vergleichbare Ereignisse in den anderen idealisierenden Romanen und sind somit eher Teil einer Art Nebenhandlung. Die Haupthandlung konstituiert sich aus den einander abwechselnden Fortschritten und Rückschlägen auf dem schwierigen Weg zum vollkommenen Liebesglück. Die von der Gattungstradition verlangte »Liebe auf den ersten Blick« wird bei Longos ersetzt durch eine allmähliche Entwicklung der sexuellen Beziehung des Liebespaares, die erst zum Schluß des Romans ihre Erfüllung findet. Longos schildert diese Entwicklung in allen Einzelheiten von dem Moment an, wo Chloë ihre ersten erotischen Gefühle wahrnimmt, nachdem sie Daphnis nackt gesehen hat (1.13), bis zur Hochzeitsnacht.

Höhepunkte dieser Entdeckungsreise des jungen Paars durch das Reich der Sinne sind in der ersten Hälfte des Romans die Szenen, die von den Unterweisungen über das Wesen des Eros aus dem Munde eines alten, erfahrenen Hirten namens Philetas in Gang gesetzt werden. Da er Daphnis und Chloë erklärt, gegen die Macht der Liebe könnten »nur Kuß und Umarmung und Zusammenliegen mit nackten Körpern« helfen (2.7.7), probieren die beiden das alles – das dritte Mittel erst nach einigem Zögern – der Reihe nach aus und halten es zunächst für »das Äußerste des Liebesgenusses« (2.11.3). Die in den Sommer fallenden »Übungen« werden dann durch die gerade referierten gefährlichen Abenteuer der Liebenden und den Winter unterbrochen. Doch gleich im Frühling knüpft Daphnis an das bisher Versuchte an, indem er Chloë erklärt, sie müßten jetzt das tun, was auf Küssen, Umarmung und Liegen folge, und zwar das, »was die Widder den Schafen tun und die Böcke den Ziegen«. Also kommt es zur Mimesis, die zunächst noch ihren Ausgang von der dritten Stufe des Philetas'schen Gesetzes nimmt (3.14.5):

> Daphnis … legte sich zu ihr nieder und lag so lange Zeit, und da er das, wonach er trachtete, nicht zu vollbringen wußte, richtete er sie auf und schmiegte sich an ihren Rükken, nach der Weise der Böcke. Endlich, da er so noch weit weniger Befriedigung fand, setzte er sich nieder und weinte, daß er unwissender sei als die Widder in den Werken der Liebe.

Wie mehrfach bei den Abenteuern der Liebespaare in den griechischen Romanen erfolgt auch jetzt »Rettung in höchster Not«, aber diesmal zugunsten der Erotik. Lykänion, eine junge Frau aus der Stadt, die mit einem älteren Bauern verheiratet ist und sich in Daphnis verliebt hat, beobachtet heimlich die gerade angesprochene Szene und verbindet daraufhin die Erfüllung der eigenen Wünsche mit einem gründlichen Unterricht in angewandter Sexualkunde für den schönen jungen Mann. Dieser gibt sein neues Wissen nur deshalb nicht gleich, sondern erst in der Hochzeitsnacht an Chloë weiter, weil Lykänion ihn abschreckt, indem sie ihn warnend auf die für seine Liebespartnerin mit der Defloration verbundenen körperlichen und seelischen Begleiterscheinungen hinweist (3.15–20).

All das wird nicht nur ungemein geistreich und witzig erzählt, sondern erweist Longos auch als einen weiteren Meister der psychologischen Beobachtungskunst innerhalb der Gattung. Man teilt heute allgemein die Meinung Goethes, der am 9., 18. und 20. März 1831 Eckermann gegenüber »Verstand, Kunst und Geschmack« des Hirtenromans (»... wogegen der gute Virgil freilich ein wenig zurücktritt ...«) enthusiastisch pries, zu der erotischen Entdeckungsreise der jungen Leute bemerkte, daß »dabei die größten menschlichen Dinge zur Sprache« kämen, und empfahl, das Werk »alle Jahre einmal zu lesen, um immer wieder daran zu lernen und den Eindruck seiner großen Schönheit aufs neue zu empfinden«. Die Altertumswissenschaft dachte lange Zeit anders. Bis über die Mitte des 20. Jahrhunderts hinaus hielt man es mit Rudolf Helm, der sich empört von der »sexuellen Perversität« und der »schwülen Schlüpfrigkeit« der »niederen, ans Pornographische grenzenden Sphäre« des Romans abwandte und Goethes »seltsames Fehlurteil« bedauerte (*Der antike Roman*, 1948, S. 51). Seit den sechziger Jahren versuchte man dann besonders eifrig, die Bedeutung des ländlichen Hintergrundes von *Daphnis und Chloë* und der darin wirkenden göttlichen Mächte herauszufinden, während man die erotischen Szenen mehr oder weniger unbeachtet ließ. Die Tatsache, daß nunmehr die Interpretation des Romans als einer Propagandaschrift für einen Mysterienkult (diesmal der des

Dionysos und/oder Eros) ausgerechnet im Fall eines solchen Textes auf ungewöhnlich breite Anerkennung stieß, erscheint im Lichte der vorher geäußerten moralischen Entrüstung deutlich als Folge des Umschlagens in ein anderes Extrem. Erst seit etwa zwanzig Jahren bemüht man sich, den Roman als literarisches Werk in der Tradition seiner Gattung und ihres »Sitzes im Leben« zu verstehen.

Den ersten wichtigen Vorstoß in diese Richtung unternahm Bernd Effe. Er sieht in der auf ihn heil wirkenden Welt der Hirten bei Longos, die in kindlicher Unschuld und in einem von den Göttern garantierten Frieden leben, ein Kontrastbild zu der vom Autor als überzivilisiert und moralisch depraviert empfundenen Lebenswirklichkeit der städtischen Kultur in der frühen Kaiserzeit (*Hermes* 110, 1982, 65ff.). Diese Deutung setzt in Übereinstimmung mit älteren Versuchen einer sozialhistorischen Interpretation des griechischen Romans als Leser von Texten wie *Daphnis und Chloë* ein einsames Individuum in einer fremdbeherrschten Polis voraus, das sich in eine alternative Heilswelt hineinträumt. Doch weder ist die Welt der Hirten bei Longos wirklich heil – Piraten und Männer, die die Unschuld der Protagonistin bedrohen, treiben im ländlichen Teil von Lesbos ebenso ihr Unwesen wie in den unzivilisierten Regionen des Ostmittelmeerraums in den anderen idealisierenden Romanen –, noch wird Urbanität negativ dargestellt. Nein, Longos betrachtet die griechische Poliskultur als die ideale Voraussetzung für menschliches Zusammenleben. In *Daphnis und Chloë* kommt das u.a. darin zum Ausdruck (was auch Effe nicht verkennt), daß die Hirtenkinder zum Happy-End letztlich nur durch die »Lebenshilfe« der Städterin Lykänion und die Wiedervereinigung mit ihren reichen Eltern in Mytilene geführt werden. Zwar feiern sie ihre Hochzeit auf dem Land, aber Chloë trägt ein elegantes städtisches Brautkleid, und als sie sich darin erstmals zeigt, bemerkt der Erzähler:

»Jetzt konnte man sehen, was Schönheit ist, wenn Pflege und Schmuck hinzukommen« (4.32.1).

Aber wenngleich für Longos ebenso wie für die Autoren der anderen idealisierenden Romane gilt, daß die städtische der ländlichen Kultur eindeutig überlegen ist und deshalb sehr wohl als der erstrebenswertere Lebensraum erscheint, sind für diesen Romanautor die Gefahren für das Liebespaar auf dem Lande, wie wir gesehen haben, eher Nebensache. Was den Kontrast zwischen Stadt und Land für Longos offenbar wirklich interessant macht, ist das von ihm in der Haupthandlung ausführlich beschriebene Phänomen, daß seine beiden als Säuglinge von Städtern ausgesetzten Protagonisten sich deswegen, weil sie nicht in der Polis, sondern unter Ziegen und Schafen aufwachsen, während der ganzen Romanhandlung immer wieder tölpelhaft – das Wort paßt hier wegen seiner Etymologie gut – benehmen. Ihre ebenso tumben wie vergeblichen Bemühungen um die Befriedigung ihrer sexuellen Bedürfnisse sind einerseits ungemein komisch, wie unser Textbeispiel zeigt, andererseits – da hatte die ältere Altertumswissenschaft durchaus recht, nur war sie in ihrer Prüderie ebenfalls tumb – erotisch stimulierend, ja obszön. Komisch und erotisch anregend sind die an infantile »Doktorspiele« erinnernden Aktionen der Hirtenkinder vor allem in den Augen des zeitgenössischen Bürgers der städtischen Oberschicht und damit des Lesers, aus deren Perspektive Daphnis und Chloë sozusagen stellvertretend von Lykänion heimlich voyeuristisch beobachtet werden. Was das mit Romanen vom Typ der *Ephesiaka* vertraute antike Publikum aber auch noch sah, war das literarische Spiel mit dieser Gattung. Wie Gerlinde Bretzigheimer herausgefunden hat (*Gymnasium* 95, 1988, 515ff.), wird z.B. das Prinzip der Bewahrung der Unschuld der Liebenden, die der obligatorische Treueschwur zu Beginn der Handlung des idealisierenden Romans fordert, bei Longos dadurch permanent auf den Kopf gestellt, daß Daphnis und Chloë während des gesamten Romangeschehens auf nichts anderes sinnen, als ihre Unschuld zu verlieren.

Wie der Roman des Achilleus zeigt sich also auch der des Longos durch seine Neigung zur Parodie bestimmter Gattungskonventionen den komisch-realistischen Romanen eng verwandt. Und wieder muß man feststellen, daß die Psychologie dieser Art von fiktionaler Erzählung – im Falle des Hirtenromans ist es endgültig fast nur noch Sexualpsychologie – auch durchaus einen Beitrag zur Erforschung der menschlichen Mentalität leistet und somit etwas Lehrhaftes in sich trägt. Der Erzähler der Geschichte von Daphnis und Chloë erhebt in seiner Vorrede sogar Anspruch auf eine didaktische und gleichzeitig therapeutische Wirkung seines Textes. Denn er schreibt dort, dieser sei

> allen Menschen ... ein erfreuliches Besitztum, das dem Kranken zur Heilung, dem Trauernden zum Trost, dem Liebeskundigen zur Erinnerung, dem Unkundigen als lehrende Vorbereitung dienen wird.

Gewiß, das steckt voller Ironie. Man merkt es allein schon daran, daß Longos mit der Formulierung »allen Menschen ... ein Besitztum« augenzwinkernd auf die berühmte programmatische Erklärung in der *Geschichte des Peloponnesischen Krieges* des Thukydides anspielt, das Werk sei ein »Besitz für immer«. Aber zur unvergänglichen Weltliteratur gehört der Roman des Longos auf jeden Fall, und das dürften auch die meisten von den Lesern zugeben, die Goethe darin nicht folgen, daß sie den Text zu ihrer alljährlichen Lektüre machen.

LITERATURHINWEISE

Textausgaben und Übersetzungen

M. D. Reeve, Stuttgart/Leipzig ³1994 (Bibliotheca Teubneriana).
G. Thornley/J. M. Edmonds, London/Cambridge (Mass.) 1916 (Loeb Classical Library) [griech./engl.].
G. Dalmeyda, Paris ²1960 (Collection Budé) [griech./frz.].
J.-R. Vieillefond, Paris 1987 (Collection Budé) [griech./frz.].
O. Schönberger, Düsseldorf/Zürich 1998 (Sammlung Tusculum) [griech./dt.].

Allgemeine Forschungsliteratur zum antiken Roman

Bretzigheimer, G.: Die Komik in Longos' Hirtenroman »Daphnis und Chloe«, in: Gymnasium 95, 1988, S. 515–555.
Effe, B.: Longos. Zur Funktionsgeschichte der Bukolik in der römischen Kaiserzeit, in: Hermes 110, 1982, S. 65–84; auch in: B. E. (Hg.), Theokrit und die griechische Bukolik, Darmstadt 1986 (Wege der Forschung 580), S. 402–438.
Geyer, A.: Roman und Mysterienritual. Zum Problem eines Bezugs zum dionysischen Mysterienritual im Roman des Longos, in: Würzburger Jahrbücher für die Altertumswissenschaft N. F. 3, 1977, S. 179–196.
Hunter, R. L.: A Study of Daphnis and Chloe, Cambridge 1983.
– Longos, *Daphnis and Chloe*, in: Schmeling, G. (Hg.): The Novel in the Ancient World, Leiden 1996 (Mnemosyne Suppl. 159).
Kussl, R.: Der Roman des Longos – ein Projekt des griechischen Lektüreunterrichts, in: Neukam, P. (Hg.): Antike Literatur – Mensch, Sprache, Welt, München 2000 (Dialog Schule – Wissenschaft Bd. 34), S. 80–105.
Morgan, J. R.: *Daphnis and Chloe:* Love's Own Sweet Story, in: Morgan, J. R./R. Stoneman (Hgg.): Greek Fiction: The Greek Novel in Context, London/New York 1994,
– Longus, ›Daphnis and Chloe‹: A Bibliographical Survey, 1950–1995, in: Aufstieg und Niedergang der römischen Welt II 34.4, 1998, S. 3293–3390.

Rohde, G.: Longus und die Bukolik, in: Rheinisches Museum für Philologie 86, 1937, S. 23–49; auch in: G. R., Studien und Interpretationen zur antiken Literatur, Religion und Geschichte, Berlin 1963, S. 91–116.

Stanzel, K.-H.: Frühlingserwachen auf dem Lande. Zur erotischen Entwicklung im Hirtenroman des Longos, in: Würzburger Jahrbücher für die Altertumswissenschaft N. F. 17, 1991, S. 153–175.

Teske, D.: Der Roman des Longos als Werk der Kunst. Untersuchungen zum Verhältnis von Physis und Techne in ›Daphnis und Chloe‹, Münster 1991.

Winkler, J. J.: The Education of Chloe: Hidden Injuries of Sex, in: J. J. W., The Constraints of Desire: The Anthropology of Sex and Gender in Ancient Greece, New York/London 1990, S. 101–126.

Wouters, A.: Longos' »Daphnis und Chloe« – ein anspruchsvoller Roman für einen anspruchsvollen Leser, in: Anregung 42, 1996, S. 1–14.

Zeitlin, F.: The Poetics of Erôs: Nature, Art, and Imitation in Longus' Daphnis and Chloe, in: D. M. Halperin [u.a.] (Hgg.), Before Sexuality: The Construction of Erotic Experience in the Ancient Greek World, Princeton, N.J. 1990, S. 417–464.

Zimmermann, B.: Liebe und poetische Reflexion. Der Hirtenroman des Longos, in: Prometheus 20, 1994, S. 193–210.

NACHWORT

Die Übersetzung Friedrich Jacobs (Stuttgart 1823) wurde von Bernhard Kytzler für seine zweibändige Ausgabe »Im Reiche des Eros. Sämtliche Liebes- und Abenteuerromane der Antike« (München 1983) behutsam modernisiert, Interpunktion und Orthographie wurden der heutigen Schreibweise angeglichen, gelegentlich allzu altertümliche Wendungen durch heute besser verständliche ersetzt.

Die Einführung und die Literaturhinweise stammen von Niklas Holzberg.